AF241648

UNA NOTTE DI SEDUZIONE

I DUCHI MALANDRINI #1

ERICA RIDLEY

Traduzione di
ERNESTO PAVAN

Copyright © 2019 Erica Ridley

Tutti i diritti riservati.

Titolo originale: *One Night for Seduction*

Traduzione dall'inglese di Ernesto Pavan

Questa è un'opera di fantasia. Nomi, personaggi, luoghi ed eventi sono il prodotto dell'immaginazione dell'autrice o sono utilizzati in maniera fantasiosa. Qualunque riferimento a eventi, luoghi o persone (vive o defunte) reali è puramente casuale.

Design libro: © Erica Ridley.

Design di copertina: © The Midnight Muse Designs.

Immagine di copertina: © Period Images.

Tutti i diritti riservati. Tranne per quanto consentito dall'U.S. Copyright Act del 1976, questa pubblicazione non può essere riprodotta, distribuita o trasmessa, in tutto o in parte, in alcuna forma o tramite alcun mezzo, né archiviata in un sistema di conservazione o recupero delle informazioni, senza aver preventivamente ottenuto il permesso scritto dell'autrice.

RICONOSCIMENTI

Come sempre, non avrei potuto scrivere questo libro senza il sostegno inestimabile della mia partner di critica, dei miei beta reader e della mia copy editor. Porgo grandi ringraziamenti a Darcy Burke, Erica Monroe, Tracy Emro, e a Ernesto Pavan per la sua traduzione. Siete fantastiche!

Infine, voglio ringraziare il gruppo Facebook de *Historical Romance Book Club* e tutti i lettori. Il vostro entusiasmo è fondamentale.

Grazie mille!

Amate il romance? Ecco come godere di contenuti esclusivi, giveaway e altre belle cose:
Iscrivetevi a smarturl.it/EricaRidleyItaliano per ricevere omaggi riservati ai membri e altro ancora!

Nell'ordine, i libri che compongono la serie "I Duchi Malandrini" sono:
Una notte di seduzione
Una notte di abbandono
Una notte di passione
Una notte di scandalo
Una notte da ricordare
Una notte di tentazione

Nell'ordine, i libri che compongono la serie "I Duchi di Natale" sono:
C'era una volta un duca
Profumo di duca
Il duca tra le stelle
Mai dire duca
Duchi, in verità

La sposa del duca
L'abbraccio del duca
Il desiderio del duca
All'alba con un duca
Una notte con un duca
Dieci giorni con un duca
Per sempre il vostro duca

Nell'ordine, i libri che compongono la serie "Dalle Stalle alle Stelle" sono:

Il signore della fortuna
Il signore del piacere
Il signore della notte
Il signore della tentazione
Il signore dei segreti
Il signore del vizio

Nell'ordine, i libri che compongono la serie dei "Duchi di Guerra" sono:

Il visconte irresistibile
Il conte proibito
Il capitano irraggiungibile
Il maggiore incantevole
Il generale innamorato
Il pirata ammaliatore
Il duca sbagliato

CAPITOLO 1

22 gennaio 1817
Londra, Inghilterra

Il pomeriggio in cui Caleb Sutton, quinto duca di Colehaven, entrò in un familiare pub nel cuore del distretto di Haymarket, non sospettava che il suo mondo stesse per essere rovesciato… di nuovo.

"Colehaven!" esclamarono in coro i variegati frequentatori del club, sollevando i boccali in un allegro brindisi.

Il duca sbatté le ciglia per levarsi dagli occhi alcuni fiocchi di neve e ricambiò i sorrisi bonari. Qualunque scherzo invernale stesse giocando il vento all'esterno, nella taverna nota come 'il Duca Malandrino' tutto era come doveva essere. Conversazioni vivaci, buona birra, volti amichevoli e la poltrona di cuoio liso preferita di Cole che lo attendeva.

Si liberò subito del cappotto e del cappello.

"Dieci anni," disse mentre si sedeva al solito posto tra i due suoi più cari amici. "Sapete cosa significa?"

"Che stiamo invecchiando?" strascicò Eastleigh, inarcando sardonicamente un sopracciglio.

Valentine Fairfax, sesto duca di Eastleigh, non era soltanto il socio a delinquere di Cole dai primissimi giorni di Oxford, ma anche metà della ragione per cui loro due – e, in seguito, la loro taverna – si erano guadagnati il soprannome di *duchi malandrini*.

L'altra metà della colpa andava attribuita esclusivamente a Cole.

"Significa," proseguì lui, mentre accettava un boccale di birra perfettamente schiumosa, "che questa Stagione segna il decimo anniversario della taverna del Duca Malandrino. Oserei dire che c'è da festeggiare, non credi?"

"Oserei dire che Colehaven dovrebbe offrire da bere a tutti!" esclamò una voce tra la folla vicino al bancone.

Un mare di vetro si sollevò tintinnando nell'aria mentre la folla ruggiva il proprio assenso.

"Ho le tasche vuote," protestò Cole, simulando un'espressione abbattuta. "La modista di mia sorella mi ha mandato in rovina. Avete idea di quanto costi vestire elegantemente una giovane a ogni Stagione?"

"Trovale un marito," suggerì Eastleigh.

"Fosse così facile," gemette una voce dal lato opposto di Cole, dove il loro amico Thaddeus Middleton li stava guardando con aria pietosa. "Se esiste una tecnica segreta per dare in sposa donne improponibili, per l'amor di Dio, *ditemelo.*"

La voce di Cole si abbassò minacciosamente. "Stai per caso definendo mia sorella 'improponibile'?"

"Felicity potrebbe avere abbondanza di mariti tra cui scegliere prima del tramonto, lo sai," intervenne Eastleigh. "La pupilla di Middleton è un caso particolare."

"Un caso molto particolare," confermò Thaddeus. "È impossibile. Voi siete fortunati ad avere a che fare solo con le vostre piccole riunioni alla Camera dei Lord. Io ho una pupilla che non si riesce a domare."

"Ecco il problema." Cole si mise comodo. "Il tuo primo errore è credere che *qualunque* donna possa essere domata. Se lei sospetta che è questo ciò che stai cercando di fare, tanto vale che ti arrendi e ti risparmi la fatica."

"Non saprei," disse dubbioso Thaddeus. "Dopo sei anni terribili in guerra, verrebbe da pensare che io sappia gestire uno scricciolo di ragazza."

"Le ragazze sono molto più insidiose dei soldati francesi," gli assicurò Eastleigh. "Se avessimo mandato un'infornata di 'diamanti purissimi' in prima linea, invece dell'Esercito Regio, Napoleone sarebbe stato sconfitto decenni fa."

Eastleigh parlava per esperienza. Come Cole, anche il duca aveva una sorella.

"Facciamo così," disse Cole, posando la birra. "La settimana prossima, quando avranno inizio i lavori parlamentari, avanzerò esattamente questa proposta. Tutte le giovani problematiche che rifiutano pretendenti come se fossero spille vecchie verranno fornite di uniforme e moschetto e inviate in prima linea ad addestrare le nostre truppe."

"Non sfidarlo," interruppe Eastleigh prima che Thaddeus potesse rispondere. "Sai che Colehaven non riesce a resistere alle scommesse. È anche per questo che il Duca Malandrino esiste."

"Ho vinto quella scommessa," osservò Cole. "Oggi festeggiamo il mio decimo anniversario di vittorie ininterrotte."

"Stiamo celebrando il decimo anniversario del Duca Malandrino," lo corresse l'altro comproprietario. "E poi, non sono sicuro che quella débâcle a Vauxhall sia stata altro che un disastro."

"Avevo detto che avrei *suonato* il fagotto sul palco," gli ricordò fermamente Cole. "Non ho mai detto che lo avrei suonato bene."

"Ti sfido," disse di getto Thaddeus. Quando si rese conto di cosa aveva appena detto, le guance dell'uomo si colorarono immediatamente.

Cole arricciò il naso. "L'ho già fatto."

"Fidati," disse Eastleigh con un fremito esagerato. "Se le tue orecchie avessero avuto la disgrazia di sentirlo massacrare il fagotto di fronte a mezza Londra, concorderesti che un ricordo del genere è più che sufficiente."

"Non *quello*." Lo sguardo cupo di Thaddeus si concentrò su Cole. "Ti sfido a trovare marito alla mia improponibile pupilla."

"La scommessa non ha senso," sbottò Eastleigh. "Se lei è improponibile, si tratta per definizione di un'impresa impossibile."

Ma il vecchio e familiare entusiasmo stava già percorrendo la pelle di Cole.

"Cosa la rende improponibile?" chiese. Questo non significava che avesse intenzione di accettare la sfida. Solo che era… *interessato*.

"La sua età, tanto per cominciare," ammise Thaddeus. "Anche se non fosse un soprammobile testardo, la maggior parte degli scapoli interessanti la considera troppo attempata per prenderla in considerazione."

Cole raddrizzò la schiena. La pupilla di Thad non era un soprammobile timido, un soprammobile riluttante o un soprammobile per caso, quanto piuttosto *decisa* a rimanere tale? La signora diventava più interessante di minuto in minuto.

"Di quanti anni stiamo parlando?" insistette.

Thaddeus sospirò. "Venticinque, temo."

Venticinque. Cole rimase di stucco. Quella venerabile età significava che la signora in questione era di appena un misero anno più grande di sua sorella minore.

La sua *nubile* sorella minore. Che era assolutamente proponibile e sicura al cento per cento di trovare un corteggiatore troppo buono per rifiutarlo.

Un giorno.

"Venticinque anni non sono una causa persa," si affrettò a precisare. "Dopotutto, chi vuole una ragazzina appena uscita dall'aula scolastica? Le ragazze, a quell'età, sono volubili e sciocche, perché non hanno ancora vissuto abbastanza per avere qualcosa di degno da dire."

"Ah." Eastleigh si accarezzò il mento con finta solennità. "Tutti sanno che i soprammobili sono grandi esperte della vita."

Cole lo ignorò.

"Deve esserci dell'altro," insistette. "Un motivo per cui la tua pupilla non ha ancora trovato un corteggiatore che sia disposta a sposare."

"Il motivo principale è che Diana non ha *mai* avuto corteggiatori." Thaddeus ebbe un sussulto. "È possibile che abbia espresso in più di un'occasione l'intenzione di rifiutare qualunque attenzione del genere."

Cole si accigliò. "Se non vuole sposarsi, cosa intende fare della sua vita?"

"Le piace… riparare cose."

"Cucire calze bucate?" tirò a indovinare Eastleigh da dietro il suo boccale di birra. "Riparare il barroccio di famiglia quando, ogni tanto, un bullone allentato provoca il disallineamento di un asse?"

"Peggio," ammise sospirando Thaddeus. "Diana raddrizza le vite degli altri, che loro lo vogliano o meno. Le ci è voluta meno di una settimana sotto il mio tetto per riordinare completamente la mia casa, dai registri contabili alle travi del tetto. Personalmente, non mi dispiace avere i conti in ordine, ma poi lei ha cominciato con quelli del vicino-"

"No, il vicino no!" disse Eastleigh con un sussulto melodrammatico.

"-e poi è passata al vicino del vicino e così via, fino a quando non ho temuto l'ammutinamento. Ma è stato solo quando ho sorpreso Diana a scrivere con entusiasmo un saggio di dieci pagine su come lady Jersey potrebbe organizzare meglio la sua casa e la sua servitù, oltre che migliorare l'efficienza e la qualità di Almack's-"

Questa volta, il sussulto di Eastleigh non fu simulato e l'uomo per poco non si strozzò con la birra. "Voleva provare a farlo con lady *Jersey*? Se la tua pupilla avesse mandato davvero quella lettera, oggi di lei resterebbero solo un mucchietto di cenere e un ricordo."

Il sangue di Cole ribolliva dall'attesa. "Di sicuro è una sfida."

Eastleigh lo fissò. "Non è 'una sfida'. È improponibile. Questa non è una scommessa che tu possa vincere."

Cole spostò lo sguardo su Thaddeus. "Quali sono i termini?"

"Cento sterline," rispose senza esitazione il suo amico. "No, facciamo duecento. Sempre che tu ci riesca."

"Nessuno può riuscirci," mormorò Eastleigh scuotendo la testa. "Lady *Jersey*. La tua protetta non ha un senso di autoconservazione."

"In compenso, ha parecchio buonsenso," disse lealmente Thaddeus. "Troppo. Non riesce a guardare qualcosa senza vedere una dozzina di modi per migliorarlo. Il suo cervello non smette mai di lavorare."

"Non c'è da stupirsi che tu non riesca a darla in sposa," borbottò Eastleigh con un brivido teatrale.

"Diventerà una gran moglie," lo corresse Cole.

Eastleigh inarcò un sopracciglio. "Sei interessato?"

"Buon Dio, no." Cole si ritrasse per l'orrore. Un giorno, avrebbe preso moglie – il dovere nei confronti del titolo, eccetera eccetera – ma era ancora ben lontano dal fare un passo del genere.

A differenza di Eastleigh, Cole non era nato con la prospettiva di ereditare un ducato. C'erano voluti anni di duro lavoro per imparare ciò che altri avevano avuto una vita per scoprire e, ora che lo aveva fatto al meglio delle sue possibilità, stava ancora cercando di dimostrare il proprio valore agli altri pari. Non voleva essere 'accettabile'. Voleva eccellere. Essere ritenuto competente quanto gli altri sangue blu nella Camera dei Lord. *Allora*, forse, avrebbe preso moglie.

Nel frattempo, c'era il problemino di una pupilla all'apparenza improponibile, troppo preoccupata a sistemare le vite degli altri per prendersi cura del proprio futuro. Il Parlamento non avrebbe iniziato i lavori ancora per una settimana.

Quale modo migliore di passare il tempo che vincendo una scommessa amichevole?

Si rivolse a Thad. "Non le duecento cocuzze. Volevo conoscere i termini della sfida. Vincerò una volta che la tua pupilla avrà ottenuto una proposta seria da una parte interessata, oppure dovremo aspettare la firma del contratto di matrimonio per considerarla cosa fatta?"

Thaddeus si sporse in avanti. "Credi di potercela fare?"

"Non accetto mai una scommessa, a meno di non esserne sicuro. Devo pur tenere in considerazione i miei dieci anni di vittorie."

"È la birra che parla," osservò Eastleigh.

Cole spinse il boccale nella direzione del duca. "L'ho a malapena toccata."

"Allora è la mancanza della birra che parla." Eastleigh spinse di nuovo il boccale verso Cole. "Finisci la tua birra. Poi di' di no."

Thaddeus guardò accigliato Eastleigh. "Non credi che possa farcela?"

"Colehaven ha l'entusiasmo di un cucciolo appena nato, ma è onestissimo," disse sospirando Eastleigh. "Se accende una scommessa, vince o muore provandoci. Ma fidati di me: mai sottovalutare una donna."

Ignorando l'ammonizione, Thad tornò a rivolgersi a Cole, gli occhi illuminati dalla speranza. "Il suono delle campane. Bene i corteggiatori, meglio ancora un contratto firmato, ma la scommessa non sarà considerata vinta prima che lei diventi legalmente moglie di qualcuno. E deve esserci un limite di tempo. Diciamo… la fine della Stagione?"

Cole inclinò la testa di fronte a quella richiesta. Tra sua sorella, il suo ducato e i suoi doveri presso la Camera dei Lord, non gli sarebbe rimasto un momento libero una volta che la Stagione fosse entrata nel vivo. Avrebbe risolto la scommessa nel giro di una settimana, per poi concentrarsi sulle sue vere responsabilità.

La pupilla di Thad non aveva trovato marito perché non ne aveva mai cercato uno. Quanto poteva essere difficile trovarglielo?

"Per onestà," aggiunse Thaddeus, "è vietata qualunque manipolazione del risultato. Non puoi pagare qualcuno per sposare la mia pupilla, non puoi sposarla tu stesso, né puoi fingere di essere innamorato di lei al fine di incoraggiare altri. Diana deve sposare un uomo che *voglia* sposare e che la voglia a sua volta in moglie."

"Non manipolerei mai qualcuno con le menzogne, né fingerei di essere qualcuno che non sono," disse freddamente Cole. "Se tu mi credi una canaglia simile, non è necessario scommettere."

"Non intendevo offenderti," si affrettò a dire

Thad. "Diana non è solo la mia pupilla, ma è anche mia cugina. Tengo a lei come se fosse mia sorella. Anche tu ne hai una. Confido non solo che tu voglia vincere, ma che ti prenderai cura del cuore di Diana."

Eastleigh finì la birra. "Dietro la sua imprudenza e la sua arroganza, Colehaven è un romantico dal cuore tenero. Se c'è qualcuno in grado di trovare un innamorato per la tua pupilla, si tratta di un sognatore come lui."

"Cinquecento sterline," esclamò entusiasta Thaddeus. "Se non bastano, fai tu il prezzo."

Il cervello di Cole era già cinque mosse avanti. "Dov'è la tua pupilla, in questo momento?"

"A casa."

Perfetto. Il sangue di Cole cantava per l'entusiasmo. In base ai termini della scommessa, non poteva farsi vedere mentre le 'dedicava attenzioni' in pubblico, ma una rapida deviazione per la casa londinese di Middleton non avrebbe sorpreso nessuno. Chiunque avesse intravisto lo stemma di famiglia sulla sua carrozza avrebbe dato per scontato che Cole fosse andato a far visita a Thaddeus, non alla pupilla di lui.

La quale, si rese conto lui solo in quel momento, era talmente abile nel fare il soprammobile che Cole non aveva la minima idea del suo aspetto. Sapeva vagamente che Thaddeus era diventato suo tutore legale uno o due anni prima, ma non ricordava di averla mai conosciuta in un contesto formale.

Fino a quel momento.

Era meglio fare la sua conoscenza prima che poi, decise. Si sarebbe fatto un'idea della personalità di Diana Middleton, avrebbe scoperto cosa ella cercasse in un marito e, l'indomani, avrebbe pensato ai dettagli. Tra il *beau monde* e il Duca Malandrino, Cole era amico di mezza Londra. C'erano parecchi bravi gentiluomini adatti allo scopo. Con un po' di fortuna, avrebbe risolto la faccenda prima del fine settimana.

"Accetto le tue condizioni," annunciò, per poi alzarsi in piedi. Prima che uno dei suoi amici potesse attizzare ulteriormente il fuoco, Cole si affrettò verso la porta.

Colto alla sprovvista, Eastleigh balzò in piedi. "Non hai finito la birra!"

"La taverna è mia," disse Cole, voltando la testa mentre si infilava il cappotto e guanti. "Posso avere della birra quando voglio."

"Possiedi *metà* della taverna," gli gridò dietro Eastleigh mentre Cole usciva dalla porta.

CAPITOLO 2

La fredda aria invernale era pungente quanto prima, ma Cole si accorse a malapena del vento che strattonava l'orlo del suo cappello e degli spruzzi di neve sollevati dai cavalli di passaggio. Salì sulla carrozza che lo attendeva e ordinò al suo cocchiere di portarlo a casa Middleton, appena fuori da Mayfair, parte di una serie di case a schiera ben tenute a meno di un miglio di distanza dalla sua casa in Grosvenor Square.

Un vago sorriso gli curvò le labbra mentre saliva i gradini dell'ingresso e bussava col battente di ferro coperto di ghiaccio. Quando la Stagione non era in corso, la cosa di cui sentiva maggiormente la mancanza era la sensazione di essere *utile*. Ogni momento trascorso alla Camera dei Lord era dedicato a opere buone, a migliorare le vite degli altri.

Fare il sensale di matrimoni per un soprammobile non era forse paragonabile al lavoro di Cole sull'Atto per la Banca d'Inghilterra, o sull'Atto per la Dogana e i Dazi, o sull'Atto per l'Idrometro di

Sykes, ma lui considerava il perseguire l'amore e la felicità una causa degna quanto ogni altro provvedimento. Anzi, sperava che quell'esercizio con la giovane Middleton si sarebbe rivelato un buon allenamento per quando sarebbe venuto il momento di accasare felicemente sua sorella. Nonostante lo facesse impazzire, Cole adorava Felicity e sperava che sua sorella contraesse quel genere di matrimonio d'amore che i poeti avrebbero cantato per secoli.

La porta si aprì, rivelando le guance rubizze del maggiordomo di famiglia dei Middleton.

Il servitore spalancò gli occhi quando lo riconobbe. "Vostra Grazia."

Non era necessario mostrare un biglietto da visita. Cole e Thaddeus erano grandi amici da quando il Duca Malandrino aveva aperto per la prima volta le porte un decennio prima. Sebbene la maggior parte dei loro incontri si svolgesse ora alla taverna, capitava ogni tanto che l'uno andasse a trovare l'altro a casa. Era sempre un piacere.

"Come stai, Shaw?"

Cole era ragionevolmente sicuro che un duca non avrebbe *dovuto* salutare la servitù altrui e chiamarla per nome, ma poiché aveva trascorso più di metà della sua vita senza avere il minimo sentore che avrebbe ereditato un titolo – figurarsi un titolo di duca – quella semplice gentilezza era un'abitudine inculcata nel profondo di lui, che Cole non aveva alcuna intenzione di abbandonare.

"Molto bene, grazie, Vostra Grazia." Shaw non si scostò. "Temo che il signor Middleton non sia in casa."

"A dire il vero, non sono venuto a trovare

Thaddeus," rispose sorridendo Cole. "La signorina Middleton ricevere visite?"

"Ecco…" Shaw indietreggiò barcollando, come se la richiesta fosse stata un colpo fisico. "State cercando… la *signorina* Middleton, Vostra Grazia?"

Cole fece del proprio meglio per continuare a sorridere, nonostante il sottile tarlo del dubbio che ora si dimenava nel suo stomaco. Sapeva che la giovinetta era considerata un soprammobile e sapeva che, al momento, nessun gentiluomo aveva mostrato interesse in lei; ma il sincero stupore di Shaw di fronte a quella richiesta tanto semplice avrebbe potuto anche spingerlo a pensare che la signorina Middleton non avesse mai ricevuto un singolo visitatore.

Sciocchezze, si rassicurò Cole. 'Soprammobile' non era sinonimo di 'invisibile'. La signora doveva pur avere *qualche* amicizia.

"Proprio così," disse con fermezza. "Sono venuto a trovare la signorina Middleton. È in casa?"

"Dunque…" Le mani di Shaw si mossero come uccellini in gabbia. Lo stupore sul volto del maggiordomo non fece altro che accentuarsi. "Entrate, entrate; fuori fa freddo. Sapete già dov'è il salotto per gli ospiti. Per favore, scaldatevi davanti al fuoco mentre verifico se… la signorina Middleton… riceve visite."

Solo una volta messosi di fronte al familiare fuoco scoppiettante del salotto formale, Cole si rese conto che indossava ancora cappotto e guanti, come se Shaw avesse dato per scontato che, anche se la signorina Middleton *era* in casa, non avrebbe ricevuto ospiti.

Nemmeno un duca.

Un movimento agli angoli del suo campo visivo attirò l'attenzione di Cole. Si voltò e vide una cameriera entrare nel salotto. Poteva darsi che fosse stata mandata a offrirgli un qualche rinfresco per ingannare l'attesa; ma considerato l'andamento della missione fino a quel momento, era molto più probabile che la ragazza stesse semplicemente svolgendo i suoi compiti quotidiani. Presto, Shaw sarebbe tornato per informare Cole che la padrona non aveva alcun desiderio di fare la sua conoscenza.

Cole prese atto della presenza della cameriera con un vago cenno del capo e si tolse di mezzo, andando a sedersi sul bordo di un divano.

La cameriera inclinò la testa come se lo stesse soppesando, ma l'orlo della sua cuffietta era troppo basso perché Cole potesse distinguere la direzione in cui era rivolto il suo sguardo. Ma del resto, un servitore non poteva certo essere così male addestrato da fissare volgarmente gli ospiti del padrone. Probabilmente, la cameriera stava cercando di capire se fosse meglio proseguire nello svolgimento dei suoi compiti o tornare più tardi, una volta che l'ospite inatteso se ne fosse andato.

"Siete amico di Diana?" chiese a bassa voce la servitrice.

Cole non avrebbe saputo dire cosa lo avesse sconcertato di più: la conferma che Diana Middleton avesse effettivamente degli amici o la sorpresa di fronte al fatto che una cameriera avesse osato rivolgergli direttamente la parola.

Forse fu quello il motivo per cui la sua bocca

rispose automaticamente: "Sono qui per vedere la signorina Middleton, sì."

Persino quella piccola menzogna gli provocò una vaga sensazione di disagio. Cosa facesse il duca di Colehaven non era affare della cameriera, ma Cole era orgoglioso della sua scrupolosa onestà in ogni circostanza, indipendentemente dalle circostanze o dalla classe sociale dell'interlocutore. E tuttavia, non era riuscito a dire ad alta voce *No, non sono suo amico.* L'onestà era fondamentale, ma lo era anche l'onore, e lui non era lì per macchiare quello della signorina Middleton.

"Lei vi aspetta?" chiese la cameriera.

"No," rispose a denti stretti Cole, per poi rivolgersi ostinatamente nella direzione opposta, come se fosse stato colto da un'improvvisa fascinazione per la carta da parati sull'altro lato del salotto.

Ecco. Quel gesto avrebbe dovuto mettere a tacere ogni futura domanda.

"Allora cosa ci fate qui?" insistette la cameriera. "Siete venuto a corteggiarla?"

"*Assolutamente* no," rispose Cole, più bruscamente di quanto avesse voluto. Lasciò perdere la carta da parati e si voltò per fulminare con lo sguardo l'impertinente cameriera sulla soglia.

La ragazza non era più sulla soglia. Ora, si trovava a una spanna dall'altro lato del divano. La sua enorme cuffietta era ancora troppo bassa perché i suoi occhi potessero essere visibili, ma le sue dita snelle si tormentavano a vicenda contro il grembiule inamidato.

Faceva *bene* a preoccuparsi. Se uno dei Middleton l'avesse sorpresa a interrogare un ospite… O se la governante in capo avesse visto una sua sottoposta trascurare i propri doveri...

"Non avete nulla da fare?" disse infine Cole. Non era maleducato di natura; ma d'altro canto, non gli capitava spesso di trovarsi a conversare con le cameriere altrui. Ricordare alla donna i suoi doveri significava farle un favore, si disse. Se ella avesse perso il lavoro a causa del proprio comportamento, Cole non avrebbe avuto alcuna responsabilità.

"Ho tempo più che a sufficienza per farlo," disse la cameriera.

Cole non ne dubitava. Gesticolò verso la parte opposta del salotto. "Non trascurate i vostri doveri per me."

Con suo stupore, le agili mani della domestica estrassero un piccolo diario dalla tasca del grembiule, presero un rapido appunto con un mozzicone di matita e rimisero al loro posto entrambi gli oggetti come se non fossero mai esistiti.

"Dov'è il vostro chaperon?"

"*Io* non ho bisogno di uno chaperon. È la signorina Middleton che–" Cole si interruppe quando fu colto da un pensiero improvviso, per quanto improbabile. "Siete *voi* lo chaperon della signorina? Siete venuta a esaminarmi?"

"Speravate di rubare un momento da solo con lei?" ribatté la cameriera.

"Dio mi ci scampi." Cole non riuscì a trattenere un fremito di orrore. "Non mi lascerei mai sorprendere da solo con una giovane in età da marito."

"Non volete sposarvi?"

"No," rispose con fermezza Cole. E di sicuro

non aveva alcuna intenzione di essere compromesso contro la sua volontà.

"In tal caso, cosa vi fa pensare che la signorina Middleton abbia intenzione di farlo?"

"Ma certo che ha intenzione di farlo," rispose esasperato Cole. "Tutte le giovani di buona famiglia sperano di trovare un degno marito e diventare una altrettanto degna moglie. Cos'altro potrebbe fare, altrimenti?"

"Dedicarsi alla matematica," rispose senza esitazione la cameriera.

Cole rimase di stucco di fronte a quel non sequitur. "Che razza di donna preferisce la matematica al matrimonio?"

"Una donna saggia," sbottò la cameriera. La giovane si strappò la cuffietta di testa e lo fulminò con lo sguardo, rivelando uno splendido paio di occhi azzurri colmi di rabbia. "Preferirei dedicare il resto della mia vita all'algebra e alle divisioni che trascorrere un singolo istante alla presenza dell'ennesimo uomo convinto di sapere cosa voglia una donna senza prendersi nemmeno la briga di sottoporre a colloquio un numero minimo di persone per determinare–"

"Signorina Middleton?" balbettò Cole, che tuttavia non aveva bisogno di attendere una conferma verbale per riconoscere la verità. "Perché siete vestita da cameriera?"

"Perché siete solo con me in questo salotto?" ribatté lei, le mani sui fianchi.

In quel disgraziato momento, Cole si rese conto che, quando era entrata nella stanza, la 'cameriera' si era chiusa la porta alle spalle. Lo stomaco gli si rivoltò per il terrore. Se la signorina

Middleton era stata all'oscuro del suo arrivo, perché diamine indossava un travestimento? Che *avesse* saputo del suo arrivo?

"Vi prego, ditemi che questo non è un complicato trucco per costringermi a sposarvi," disse faticosamente, i muscoli tesi in preparazione al peggio.

"No," disse la signorina Middleton, gli occhi azzurri che mandavano lampi, "è uno *strumento* che intendo utilizzare per costringervi a lasciarmi in *pace*."

"Vorreste ricattare un *duca*?" Cole fece una pausa quando capì davvero cosa stava succedendo. "Perché lui *non* vi sposi?"

"Funziona?" volle sapere la giovane.

Cole si alzò in piedi con alacrità. "Non ho alcun desiderio di sposarmi. Nessuno. Assolutamente no."

"Splendido," disse la signorina Middleton. "Ora statemi a sentire. Non ho bisogno di voi, né di nessun altro uomo. Avete capito? Se avete un minimo di senso di autoconservazione, uscirete da questa casa prima che qualcuno ci sorprenda da soli ed entrambe le nostre vite vengano rovinate."

Che Dio li proteggesse.

Cole corse alla porta e la spalancò, per dimostrare che nessuna efferata seduzione stava avendo luogo nel salotto per gli ospiti. Ma la signorina Middleton aveva ragione. L'assenza di comportamenti scorretti non sarebbe stata sufficiente. Lui doveva affrettarsi, prima che la notevole mancanza di chaperon nel salotto li costringesse entrambi a un matrimonio sgradito.

Rendendosi conto che un gesto cordiale non

avrebbe fatto altro che infastidire ancora di più la giovane, Cole si toccò il cappello mentre la oltrepassava. "Lieto di aver fatto la vostra conoscenza, signorina Middleton. Vi auguro una splendida giornata."

"Gioisco già al pensiero di non dovervi rivedere mai più," esclamò lei, le labbra piene contratte vittoriosamente.

Cole sorrise tra sé mentre tornava alla sua carrozza.

Su quel punto, la fiera signorina Middleton si sbagliava. Loro due si sarebbero rivisti, eccome. Dopotutto, lui aveva dieci anni di vittorie ininterrotte da difendere.

E il duca di Colehaven non rifiutava *mai* una sfida.

CAPITOLO 3

La signorina Diana Middleton fece del proprio meglio per concentrare l'attenzione sulla giusta calibrazione degli strumenti di misura del commerciante di vino, ma la sua mente continuava a tornare al visitatore inaspettato del giorno prima. Non era la prima volta che il duca di Colehaven si degnava di oltrepassare la soglia della loro umile dimora, ma era senza dubbio la prima volta che un gentiluomo come lui aveva chiesto di lei.

"Va bene così?" chiese la voce querula del venditore di vini. "Posso tornare a vendere la mia merce?"

Diana non poteva essere ingannata da quella finta innocenza. Non era la prima volta che si ritrovava costretta ad ammonire severamente negozi del genere.

"Sapete bene quanto me che il peso di un gallone di vino non si misura mai contro un gallone da birra da mezzo *peck*, ma contro un gallone da mais da mezzo *peck* riempito di grano," rimproverò il commerciante.

Lo sguardo lagrimevole del commerciante si fece subdolo. "E come faccio a ricordarmi una cosa del genere?"

"Mettetelo per iscritto," disse con fermezza Diana. Infilò una mano nel cesto che le pendeva dal braccio e porse all'uomo una delle note che aveva preparato la sera prima. "Non perdetela, questa volta."

Il commerciante sospirò mentre prendeva il biglietto, su cui erano disegnati con precisione dei diagrammi. "Sì, signora Peabody."

Diana, naturalmente, non era la signora Peabody. La signora Peabody non esisteva.

Ciononostante, molti negozianti di quella zona di Londra credevano che la signora Peabody fosse una spossata e spaventosamente sottopagata 'segretaria ispettrice' al servizio di uno spietato avvocato, il cui impiego dipendeva dal segnalare al padrone dalla querela facile quanti più casi possibili di palesi violazioni dell'Atto per i Pesi e le Misure del 1815, in modo che tutti quei furfanti potessero essere consegnati alla giustizia.

Grazie a un accordo che Diana aveva stretto con l'assistente di un avvocato, tuttavia, qualunque richiesta di informazioni riguardanti la signora Peabody o l'esistenza di una 'segretaria ispettrice dei pesi e delle misure' venivano deviate verso una casella postale anonima alla quale solo Diana aveva accesso. Le sue credenziali venivano raramente messe in discussione – i commercianti dediti all'illegalità volevano attirare *meno* attenzione su loro stessi, non *più* – il che rendeva l'indomita 'signora Peabody' davvero molto potente.

"Se dovessi scoprire i vostri strumenti a pesare

di nuovo a svantaggio dei clienti..." ammonì Diana.

"Lo so, lo so." Il commerciante si affrettò ad attaccare il biglietto alla parete sopra la bilancia. "Se dovesse esserci una prossima volta, dovrò difendermi non di fronte a un soldo di cacio di ragazza, ma a un giudice che può fare molto peggio che costringermi a chiudere bottega."

Diana annuì bruscamente. Non le dispiaceva essere definita un 'soldo' di qualunque genere, se questo significava che i futuri clienti di quel negozio non avrebbero più rischiato di essere truffati. Era spesso più facile spaventare i negozianti disonesti che convincere i tribunali a prestare anche solo un minimo di attenzione alle dozzine di lamentele anonime che lei aveva inviato tramite i 'canali appropriati' durante quell'inverno soltanto.

Diana si congedò dal commerciante e tornò nelle strade innevate di Haymarket.

Era mattina presto, troppo presto perché qualunque membro del *ton* degno di tale nome si fosse già alzato dal letto, ma ciononostante Diana indossava uno dei suoi numerosi travestimenti.

Come la maggior parte delle sue *mise*, anche quella odierna era progettata per attirare il meno possibile l'attenzione. Un pratico abito da giorno grigio, avvolto da un mantello di un grigio ancora più spento lungo fino alle caviglie e da uno spesso scialle di lana. I capelli raccolti sotto un cappello robusto, ma incolore, la cui ampia tesa forniva al tempo stesso una distanza rispettabile dai passanti e ombra sufficiente a oscurarle il viso.

Calze di lana, semplici stivali neri e un grosso

cesto contribuivano a dare l'impressione di una donna intenta a svolgere una commissione, come molti altri servitori che correvano di qua e di là per fare acquisti per conto dei padroni.

'Galoppina insignificante' era seconda solo a 'cameriera" nella sua efficacia a renderla invisibile ai membri delle classi dirigenti. Ciononostante, in aggiunta al suo fidato diario e ai biglietti che facevano da promemoria per i pesi e le misure, il cesto di Diana conteneva anche una redingote scarlatta e un cappello dai colori vivaci, nel caso lei avesse avuto bisogno di correre dietro a un paravento per uscirne nelle vesti di una persona completamente diversa.

Fino a quel momento, cambiarsi velocemente d'abito accanto al pitale di un negoziante non si era rivelato necessario. Diana sperava che la sua buona sorte sarebbe durata ancora per molti anni... fino a quando monitorare le prassi commerciali disoneste non sarebbe più stato necessario o fino a quando le donne avrebbero potuto intraprendere apertamente una carriera del genere, a seconda di quale delle due cose si sarebbe verificata prima.

Diana trattenne un sospiro. Probabilmente, nessuna delle due cose si sarebbe verificata durante la sua vita. Nel migliore dei casi, arrivata a ottant'anni, si sarebbe travestita da anziana madre di un avvocato dalla querela facile, senza nulla di meglio da fare che ispezionare gli strumenti di misurazione dei negozi londinesi per riportare le sue scoperte al suo caro figlio.

Magari non un avvocato, decise di Diana. Se fosse stata ancora intenta a fare quello che faceva dopo cinquant'anni, avrebbe dichiarato che suo nipote era un giudice importante. Quale brava persona che sperasse di conservare la propria attività commerciale avrebbe osato litigare con una nonna?

Diana si concesse un rapido sorriso a quell'immagine. Le aveva sempre dato piacere pensare a se stessa come a un agente segreto della Corona. Talmente segreto che persino la Corona non si rendeva conto che lei lavorava in suo nome. Era solo un umile segugio, che vendicava tutti i giorni la povera matematica allo scopo di far sì che tutti i cittadini d'Inghilterra fossero trattati in maniera onesta.

Tirò fuori il diario dal cesto e scrisse rapidamente una voce in cui descriveva il suo incontro col distributore di vini. Una volta concluso, passò a una pagina indicata da un segnalibro, dove teneva nota di quali negozi necessitassero una seconda visita per assicurarsi che i titolari continuassero a comportarsi in maniera onesta.

La sua minaccia non era stata a vuoto. Se il negoziante avesse ricominciato a comportarsi in maniera disonesta, lei avrebbe utilizzato tutto il suo limitato potere per far sì che venisse consegnato alla giustizia.

Chiuse il diario. Sulla copertina c'era scritto: *Se qualcosa può essere migliorato, miglioralo.* Aveva scritto lei stessa quella frase. Era il suo motto da che aveva memoria e la sua vocazione segreta da quando era passata sotto la tutela di suo cugino Thaddeus.

All'inizio, aveva semplicemente avuto bisogno di qualcosa, per riempire il suo anno di lutto, che non fosse fissare le pareti nude o singhiozzare nei cuscini. *Fare* invece che *sognare* le aveva dato uno scopo nella vita. Un obiettivo. Un puntino di luce che colmava le sue giornate altrimenti cupe. E la possibilità di essere qualcuno che non fosse un'orfana spiantata per un'ora o due. L'opportunità di essere… *importante*. Di fare la differenza nella vita degli altri.

Strinse gli occhi mentre guardava la strada coperta di neve. Dalla parte opposta del Theatre Royal si trovava un locale assai meno opulento, noto come il Duca Malandrino.

Nonostante l'ingresso alla taverna fosse consentito alle donne, Diana non vi era mai entrata. In parte perché oltrepassare la soglia nelle vesti di se stessa avrebbe rovinato qualunque speranza di mantenere il livello di reputazione richiesto per essere accettata dal *ton*. Diana non era alla ricerca di un corteggiatore altezzoso, ma nemmeno voleva recare imbarazzo al cugino la cui carità le aveva dato una seconda possibilità nella vita.

L'altra ragione era sempre Thad. Non esisteva scialle strabordante o cappello a tesa larga che avrebbe impedito al sangue del suo sangue di vedere oltre il suo travestimento, se gli fosse riuscito a darle un'occhiata da vicino.

Non che Thad fosse al Duca Malandrino, al momento. Era a casa e si aspettava di mangiare con Diana in meno di un'ora. Quarantacinque minuti non erano nemmeno lontanamente sufficienti per dare una sbirciata all'interno del Duca Malandrino e tornare a casa in tempo per trovare il cibo caldo. Diana si morse il labbro.

Non sapere cosa accadesse in quel locale non le

aveva mai dato fastidio, in precedenza. Si trattava di una taverna pubblica e, di fatto, del 'club' di Thad, considerato che suo cugino non possedeva il titolo o le parentele necessarie a essere accolto in un vero club come White's, Boodle's o Brooks's.

La clientela del Duca Malandrino andava dai lavoratori ai riformatori politici ai poeti indolenti fino a famigerati intellettuali. E tuttavia, i proprietari possedevano il titolo più alto del reame, il che dava al locale, sito nei pressi di una zona elegante, un'aria di pompa e legittimità che attirava secondi figli e scapoli titolati. Il genere di uomini sprezzanti con cui Diana aveva a lungo sperato di non ritrovarsi costretta a conversare. Qualunque cosa accadesse tra le mura del Duca Malandrino non aveva mai suscitato il suo interesse.

Fino a quel momento.

"Non fatelo," borbottò ai suoi piedi irrequieti. "Non rivolgetevi in quella direzione."

L'unico motivo per cui stava anche solo pensando al Duca Malandrino era il fatto di aver cacciato uno dei suoi omonimi dal suo salotto.

Con suo sommo dispiacere, il duca di Colehaven era completamente diverso da come lei se l'era immaginato.

Diana era *orgogliosa* della propria capacità di pensare dieci mosse avanti rispetto a tutti gli altri. Se la vita era una partita a scacchi, lei non era semplicemente una giocatrice, ma l'artigiano che aveva progettato il gioco.

L'impeccabile attenzione all'apparenza? Sì, quella se l'era aspettata. Stivali assiani lucidati con lo champagne, pantaloni in pelle di daino morbidissimi, un cappotto nero come il carbone, un fazzoletto da collo dalle pieghe complesse, una mascella ben rasata, sfavillanti occhi nocciola, una bellezza ridicola. Diana aveva visto una volta Sua Grazia raffigurato in una caricatura. L'artista aveva colto la perfezione di cui era infuso il duca, ma non era riuscito a trasmettere l'aspetto più snervante della personalità di Colehaven.

Quell'individuo insopportabile era *gentile*.

Poiché Diana era stata sul punto di incamminarsi per una delle sue missioni di ricognizione, era arrivata al pianterreno appena in tempo per sentire il duca rivolgersi al maggiordomo in tono amichevole e chiamandolo per nome.

Poi, quando era rimasto confinato in un salotto con una cameriera sempre più insolente, il duca aveva continuato senza fallo a trattarla come una persona e a rispondere alle sue domande, piuttosto che liquidarla come una servitrice al di sotto della sua attenzione.

Inconcepibile. E tuttavia, era accaduto.

Costringerlo col ricatto a una frettolosa ritirata era stato un rischio calcolato. Era evidente che l'uomo non sapeva nulla di Diana Middleton, ma Diana si era impegnata a scoprire il più possibile su di lui. Aveva un intero diario dedicato ai membri più importanti del *ton*. La profondità e la ricchezza dei suoi contenuti faceva sembrare la *Paria di Debrett* un estratto mal realizzato.

Caleb Sutton, quinto duca di Colehaven. Capelli: neri. Occhi: nocciola. Data di nascita: 20 agosto 1787. Due anni prima che Jurij Vega – uno degli eroi matematici di Diana – calcolasse il pi greco fino alla centoquarantesima cifra decimale, correggendo un errore di calcolo che Thomas

Fantet de Lawny aveva fatto quasi settant'anni prima. *Se qualcosa può essere migliorato, miglioralo.* Vega era proprio come lei. Il suo trattato logaritmico del 1794–

Diana scosse la testa. Stava analizzando il duca di Colehaven, non i matematici continentali.

Come molti scapoli appetibili in possesso di titoli e denaro, Colehaven aveva una forte reputazione. A differenza della maggior parte dei suoi pari, tale reputazione non era quella di un libertino senza vergogna o di un'insopportabile arrogante, ma piuttosto quella di un essere umano rispettato, dall'onestà impeccabile e dalla gentilezza genuina, i cui più grandi vizi sembravano il talento per produrre della buona birra, l'aperta amicizia nei confronti delle classi inferiori e la tendenza ad accettare sfide sciocche.

Quello doveva essere il motivo per cui Diana l'aveva trovato nel suo salotto. Un amico doveva averlo sfidato a fare visita al più famigerato soprammobile di Londra. Ecco. Visita fatta. Fine dell'associazione. Si erano incrociati una volta in venticinque anni. Con un po' di fortuna, sarebbe trascorso un altro quarto di secolo prima che si incrociassero di nuovo.

Dopotutto, Diana faceva del proprio meglio per restare lontana dal mondo di lui. Non voleva ballare il valzer, non voleva flirtare dietro a un ventaglio dipinto e di sicuro non voleva prendere marito. L'unico modo in cui avrebbe potuto continuare a fare le sue opere buone era mantenere il controllo della propria vita.

Risoluta, voltò le spalle al Duca Malandrino e prese la prima vettura pubblica per Jermyn Street, dove entrò in casa dall'ingresso posteriore sulla terrazza, depositò il cesto e lo strato di vestiario esterno in camera sua e scese nella sala da pranzo di famiglia cinque minuti prima di suo cugino.

La loro prozia Ruthmere si era trasferita lì quando Thaddeus era diventato il tutore legale di Diana, ma a causa della sua età e del suo stato di salute, usciva raramente dai suoi quartieri privati. Diana le portava nuovi libri una volta ogni due settimane, prendendoli da una biblioteca itinerante, e sapeva di non potersi aspettare che la sua prozia fosse sveglia così presto.

Suo cugino entrò nella sala da pranzo coi capelli scuri scompigliati e un sorriso colpevole, come se si fosse alzato dal letto poco prima.

Diana ricambiò calorosamente il sorriso di Thad. Suo cugino era più un fratello che un tutore legale. E poi, il fatto che i membri della sua famiglia fossero dormiglioni era una benedizione. Quando si scambiavano il loro primo saluto della giornata, lei aveva già svolto i suoi compiti.

"Giochiamo a scacchi, questa sera?" chiese Thad.

Lei inarcò un sopracciglio. "Non sei stufo di perdere?"

Suo cugino fece spallucce e prese il vassoio di frutta e formaggio. "Un giorno o l'altro ti sconfiggerò."

Diana ne dubitava, ma apprezzava molto l'impegno. Lei e suo padre avevano spesso giocato a scacchi fino a notte fonda. Diana avvertiva ancora acutamente la perdita di quei momenti preziosi, ma ora che aveva Thaddeus si sentiva un po' meglio.

Sin dal giorno in cui l'aveva sorpresa a giocare una tristissima partita a scacchi contro se stessa, suo cugino si era offerto di farle da compagno.

Pur non essendo un giocatore abile come il padre di Diana – che lei era riuscita a battere solo in tre occasioni, molto distanti l'una dall'altra – Thad era allegro e ottimista, e aveva mantenuto da solo una costante conversazione a senso unico basata su pettegolezzi e battute fino a quando la sofferenza di Diana era passata sullo sfondo e lei aveva ricominciato a godersi la vita. Era qualcosa per cui era in debito nei confronti di Thad. Lui non era solo un cugino, ma anche un amico. Il suo amico più caro, nonché l'unico.

Il che rese le parole che egli pronunciò dopo ancora più sconvolgenti.

"Credo che dovresti approfittare della Stagione per trovare marito." Thad ammiccò. "Non stai certo ringiovanendo."

La forchetta di Diana tintinnò contro il suo piatto.

"Nemmeno tu," farfugliò lei. "Perché non trovi moglie?"

"Ho intenzione di farlo," rispose suo cugino, facendo spallucce. "Prima o poi. Per mia fortuna, i gentiluomini celibi di trentadue anni non sono definiti 'zitelli', ma 'buoni partiti'."

"Tu sei un pessimo partito," borbottò Diana. "Non importa quante volte io ti dica di non aprire con F4, tu insisti a renderti vulnerabile allo scacco matto in due mosse."

"Non ho idea di cosa tu stia dicendo," disse allegramente Thad mentre si serviva una generosa porzione di carne. "F4, 2B, 86, XD. Sembra un codice segreto militare che hai intercettato da una potenza straniera."

"Vorrei davvero *potermi* arruolare," borbottò Diana. "Sarei una splendida agente segreta per la Corona."

"Mangia le verdure," le consigliò Thad. "E non fare queste affermazioni scandalose in pubblico, o non avrai mai un corteggiatore."

Il piano era proprio quello.

CAPITOLO 4

"*Finalmente.*" Cole si sporse dal sedile e allungò una mano verso la porta della carrozza.

"Smettila," lo rimproverò Felicity con un barlume diabolico negli occhi. "Sono le sorelle minori quelle che dovrebbero trascinare i fratelli maggiori ad avvenimenti di questo genere, non il contrario."

"È il primo evento importante della Stagione," obiettò Cole, avvicinando le dita alla maniglia della portiera. "Ci saranno tutti. Noi compresi!"

Ridendo, Felicity gli diede un buffetto sulla mano per allontanarla dalla portiera. "Almeno aspetta che la carrozza si fermi prima di correre da quattrocentouno dei tuoi migliori amici."

"Quattrocentododici," corresse solennemente lui. "Mi sono dato da fare, dopo colazione."

La tendenza di Cole a fare amicizia con tutti quelli che conosceva era una battuta di famiglia con solide radici nella realtà. Per lui, il più grande vantaggio dell'essere proprietario di una taverna non era la disponibilità illimitata di birra appena fatta, ma la disponibilità altrettanto illimitata di vecchi amici e volti nuovi.

Lo stesso valeva per gli eventi sociali. Qualunque festa si definisse 'la calca della Stagione' significava che lui era destinato a incappare in cari amici che non vedeva dall'ultima Stagione, vecchi compagni di scuola che non vedeva dai tempi di Oxford e una quantità di sconosciuti ai quali mancava una semplice presentazione per diventare conoscenze casuali o, forse, persino amici.

Quando il garzone dall'uniforme tigrata spalancò la portiera per aiutare Felicity a scendere dalla carrozza, Cole la seguì praticamente saltellando.

Pochi istanti dopo, il maggiordomo li salutò alla porta, i loro indumenti invernali furono portati via da operosi lacchè e lui e sua sorella arrivarono in cima a una splendida scalinata. Scintillanti lampadari di vetro illuminavano l'ampia sala da ballo sottostante.

Gentiluomini alla moda, signore eleganti, rinfreschi sontuosi, un'orchestra stravagante... Cole non vedeva l'ora che i loro nomi venissero annunciati in modo che lui e sua sorella si unissero al divertimento.

"Sua Grazia il duca di Colehaven e lady Felicity Sutton."

"Finalmente!" Cole sorrise a sua sorella e le offrì il braccio per accompagnarla in mezzo alla folla.

Parte del motivo per cui Cole faceva amicizia con tutti quelli che incontrava era che, da qualche parte, c'era il gentiluomo giusto per Felicity... e lei non dava segno di volerlo cercare da sola.

Sua sorella non era un soprammobile – Felicity aveva diverse amiche intime e i nomi sul suo carnet di ballo non mancavano – ma se la Stagione si fosse bruscamente interrotta il giorno dopo l'indomani, lei non avrebbe certo pianto. Era felice di chiacchierare nel salotto di un poeta o di perdere un intero pomeriggio in biblioteca quanto lo era di ballare il valzer con un conte.

"Non intrometterti," gli disse come se avesse potuto leggergli nel pensiero. "Ballerò se ne avrò voglia. Non è affar tuo."

"Ma io *devo* intromettermi," le ricordò allegramente lui. "Dio mi ha conferito questo diritto assieme al titolo. Io contribuisco a scrivere le leggi che governano l'intera Inghilterra. Chissà, forse la prossima si chiamerà 'il Grande Atto sul Fidanzamento di Felicity Sutton del 1817'."

"Che Dio ci aiuti," borbottò Felicity, che tuttavia non riuscì a trattenere un sorriso colmo di affetto. "E quando verrà approvato il 'Grande atto sulla Duchessa di Colehaven'?"

"*Shh*," mormorò con urgenza lui. "Non fare battute del genere con le mammine sensali a portata d'orecchi. Mi ritroverò sommerso da tante di quelle giovanissime debuttanti da non riuscire a muovere le braccia."

"È accaduto una volta sola," lo rimproverò lei, per poi ripensarci su.

"Due volte," dissero all'unisono.

"La serata dei Lyndon," confermò Felicity, scuotendo ironicamente la testa. "Pensavo che ti avrebbero sommerso come tanti gattini. Avresti potuto portarti a casa l'intero branco, se avessi voluto."

Cole rabbrividì. "Ma non volevo."

Prima o poi, ci sarebbe stata una duchessa di Colehaven, ma *non* sarebbe stata una diciassettenne gongolante appena uscita dall'aula scolastica. La futura Sua Grazia sarebbe stata una donna dignitosa e intelligente, amata e rispettata dai loro pari. Una signora amichevole e dignitosa, dalle maniere impeccabili e l'animo gentile, capace di comandare la servitù e il cuore del marito muovendo un solo dito. Una vera e propria duchessa.

Cole non era assolutamente pronto per una donna del genere. Doveva guadagnarsi quel privilegio. Diventare un pari rispettato non solo nel titolo, ma concretamente. Magari, una volta che fosse stato scelto per guidare una commissione, una volta che fossero state finalmente le *sue* idee a cambiare il mondo in meglio–

"C'è una biblioteca da qualche parte?" chiese Felicity.

"Non osare." Cole le intrappolò la mano contro il suo gomito e la trascinò nella direzione dell'orchestra. "Niente libri fino a quando non avrai ballato almeno cinque volte. E prova le tortine. Se non assaggerai quelle al limone perché sarai nascosta in biblioteca, io le mangerò fino all'ultima e tu sarai triste."

"Sei un pessimo fratello. Davvero pessimo. Sai che le tortine al limone sono il mio punto debole."

Era l'unica cosa che le piacesse più delle biblioteche. In entrambi i casi, la colpa era di Cole.

Ai tempi in cui erano stati poveri, i dolciumi erano il lusso per cui Cole risparmiava, in modo che potessero concederselo due volte all'anno: per il compleanno di Felicity e alla vigilia di Natale.

Quando il sapore dolce e aspro si scioglieva nelle loro bocche, potevano dimenticare il peso della povertà per un attimo e godersi una piccola fetta di paradiso.

Il titolo aveva portato un'ondata di denaro e di privilegi. All'improvviso, Cole era partito per Oxford e non aveva avuto più bisogno di sudare per tutto il giorno davanti al fuoco della forgia per viziare sua sorella con un dolce lusso.

Dopo che avevano condiviso ogni singola gioia e disperazione, gli era parso ingiusto che solo lui potesse ricevere un'educazione superiore. Non aveva potuto mandare sua sorella a Eton, ma questo non significava che Felicity dovesse rimanere ignorante. Cole aveva spedito a casa ogni libro che era riuscito a trovare e che potesse migliorare la mente di Felicity o intrattenerla per un'ora. Tutti i giorni, dopo le elezioni, aveva scritto lunghe lettere in cui aveva riassunto gli elementi più importanti di ciò che aveva imparato.

Sebbene una distanza molto lunga li avesse separati, era stato come andare a Oxford insieme. Dal giorno in cui Felicity aveva preso in mano un libro per la prima volta, la sua storia d'amore con le biblioteche non aveva fatto che infittirsi.

"Cinque balli," le ricordò. "Trova cinque gentiluomini degni di mezz'ora del tuo tempo e io ti accompagnerò alla più vicina pila di libri con un vassoio di tortine al limone per mano."

"Molto bene." La scintilla negli occhi di Felicity contrastava col suo broncio. "Se questi modelli di dandismo dovessero annoiarmi a morte, potrei mandarti di nuovo al tavolo dei rinfreschi per una seconda porzione di rinforzo."

"Mi sembra giusto." Cole sorrise tra sé mentre sua sorella si mescolava alla folla.

Conoscendola, Felicity avrebbe ballato fino a quando i suoi piedi non sarebbero stati più in grado di reggere un altro reel. E poi, dopo sei, otto o dieci balli vorticanti, avrebbe certamente cercato rifugio tra le torri di libri più vicine e ne sarebbe emersa solo quando la carrozza sarebbe stata pronta per portarla a casa.

"Eccoti qui," disse una voce da dietro le spalle di Cole.

Lui si voltò e sorrise al suo amico, il duca di Eastleigh. "Hai dormito troppo ieri notte?"

"Hai già risolto la questione del fidanzamento Middleton?" ribatté Eastleigh.

"Lo farò," gli assicurò Cole.

"Non puoi trascinarla in pista da ballo per far sì che i giovanotti ti imitino," gli ricordò Eastleigh. "E non puoi sposarla tu stesso."

Cole levò lo sguardo verso il soffitto ad arco. "Ricordo le regole."

In verità, le regole erano l'ultimo dei suoi problemi. Quando avrebbe incrociato nuovamente la strada dell'imprevedibile signorina Middleton, era altrettanto probabile che lei gli gettasse un bicchiere di ratafià in faccia o che si togliesse una maschera dipinta, rivelando di essere un canguro col dono della favella.

"Ovvio," concordò Eastleigh. "Non ho mai visto un uomo imparare a memoria tanti dettagli oscuri come te quando eri nella commissione per l'Atto sui Dazi Doganali."

Cole fece spallucce. "Mi piacciono le commissioni."

Esse non lo facevano semplicemente sentire utile. Erano *loro stesse* utili. Importazioni, esportazioni, riduzione del debito pubblico, mantenimento della pace, abolizione della gogna… tutte solo nell'anno passato. Era stata una gioia e un privilegio, per lui, fare la sua parte.

"Se ti piacciono così tanto, dovresti prendere il posto di lord Fortescue."

La preoccupazione aggrottò la fronte di Cole. "È capitato qualcosa al conte?"

"È capitata la forza di gravità , mentre Fortescue andava in slitta troppo vicino a un albero," rispose sarcastico Eastleigh. "Rimarrà confinato a letto con un tutore a tenergli compagnia per le prossime sei settimane. Martedì, quando inizieranno i lavori parlamentari, il primo atto sarà trovare qualcuno che lo sostituisca nelle commissioni di cui era presidente."

Cole era membro di entrambe le commissioni a presidenza Fortescue: Lavori Pubblici e Industria Ittica, e Uffici dello Scacchiere. L'entusiasmo gli corse nelle vene.

Era l'occasione che aveva atteso. Se fosse riuscito a convincere la Camera dei Lord a scegliere lui come presidente ad interim, avrebbe potuto dimostrare di essere preparato, appassionato e capace come qualunque altro pari che fosse nato nel ruolo che occupava. Essendo stato 'importante' solo per metà della sua vita, Cole si era impegnato il doppio. Non voleva essere 'buono quanto' gli altri. Voleva essere eccezionale. Sarebbe stata la prova visibile del fatto che fosse degno del titolo che aveva ereditato.

"Credi che voteranno martedì?"

"Credo che accetteranno le candidature martedì," rispose Eastleigh, stringendosi nelle spalle. "Probabilmente, non voteranno ancora per una settimana."

Dunque, era quello il limite. Cole doveva risolvere la sfida di Middleton entro lunedì sera al massimo. Martedì, si sarebbe presentato come un serio e dignitoso candidato. Dopodiché, avrebbe lasciato perdere le scommesse fino a quando non fosse stato eletto presidente di commissione ad interim.

No: fino a quando non fosse stato nominato responsabile di un dato programma. Le navi da trasporto passeggeri, magari, o il bracconaggio notturno. Non era schizzinoso. Avrebbe semplicemente dovuto badare al proprio comportamento per le settimane a venire. Una volta gettatosi nella mischia, non avrebbe potuto rischiare che un comportamento sbagliato gli impedisse di venire considerato per il ruolo di presidente di commissione.

"Se vuoi scusarmi," mormorò Eastleigh, "credo di aver intravisto il motivo per cui ho accettato questo invito."

In circostanze normali, un'affermazione tanto sospetta avrebbe suscitato la curiosità di Cole.

Ma nulla era più normale.

Lui aveva già completamente dimenticato qualunque intrigo potesse avere in corso il duca, perché il suo sguardo si era fissato su una leggera protuberanza tra le ombre della parete opposta della sala da ballo affollato. Cole si avvicinò, svicolando tra i lord e le lady di passaggio, badando a non rivelare la sua posizione.

Diana Middleton. Ne era sicuro.

Avvolta in un abito rosa pallido che si abbinava alla carta da parati di seta in maniera talmente precisa da spingerlo quasi a credere che la giovane avesse scelto volutamente quel colore per diventare un *trompe l'oeil* vivente, più che capace di ingannare l'occhio tipico.

Cosa diavolo aveva in mente quella ragazzetta?

Il fastidio gli fece venire il prurito. Non era affascinato da lei, assicurò a se stesso. Labbra rosee e splendidi occhi azzurri non lo avrebbero tratto in inganno. Lui credeva nell'onestà, nella trasparenza e nella correttezza al di sopra di ogni altra cosa, e Diana Middleton non era altro che menzogne e travestimenti.

La giovane non sembrava impegnata a conversare con nessuno. Non stava mangiando, non stava bevendo, né sorrideva, non era cupa in viso, non batteva nemmeno le ciglia... Cole non sapeva se fosse meglio insospettirsi o preoccuparsi. 'Fare tappezzeria' avrebbe dovuto essere una semplice metafora. Si trattava di un fenomeno dovuto solitamente alla timidezza, a un aspetto poco attraente o a qualche altro presunto difetto che spingeva gentiluomini banali a non degnare la donna in questione di una seconda occhiata.

Quello – qualunque cosa 'quello' fosse – sembrava intenzionale. La signorina Middleton non era seduta con le zitelle e gli chaperon, ma appiccicata alle ombre molto più indietro rispetto a loro. Persino un gentiluomo che si fosse spinto fin là con lo scopo di invitare una rosa avvizzita a ballare non sarebbe stato certo biasimevole se non avesse notato la testa calda che stava facendo del proprio meglio per mescolarsi con la parete.

Cole si voltò prima che lei notasse che aveva fiutato l'inganno. Trovarle un corteggiatore non sarebbe stato semplice come calcolare quale gentiluomo di sua conoscenza possedesse una personalità complementare a quella della signorina Middleton. Quello non era più il passaggio numero uno, ma il passaggio numero quindici.

Il suo primo atto, a quanto pareva, sarebbe stato staccare la pupilla di Thad dai pannelli di legno. E dato che non poteva mostrarsi nell'atto di influenzare la scommessa dedicandole attenzioni particolari di persona… aveva bisogno di rinforzi.

In guerra, non c'era generale migliore da avere al proprio fianco che lady Felicity.

Cole la trovò proprio mentre stava svicolando verso il tavolo dei rinfreschi.

"Una dozzina di tortine al limone," mormorò mentre le bloccava la strada. "Te le preparerò di persona."

Gli occhi marroni di sua sorella si strinsero. "Cos'hai fatto?"

"Nulla," protestò lui mentre la sospingeva verso un angolo più privato. "Ho bisogno che tu faccia una cosa."

Felicity inarcò le sopracciglia. "Ti ascolto."

Cole trasse un respiro profondo. "Conosci Diana Middleton?"

Felicity rimase di stucco. "No."

"Hai mai sentito fare il suo nome?"

Sua sorella si acciglò meditabonda, quindi scosse la testa. "Perché?"

Una visione di occhi azzurri dalle lunghe ciglia

e di labbra morbide e baciabili gli colmò la mente. Cole la scacciò. "Ho bisogno che lei trovi il suo vero amore."

"Che saresti tu?"

"Che non sono io," si affrettò a precisare lui. "Ora come ora, non è nessuno, perché nessuno sembra sapere della sua esistenza."

"A parte te?"

"E il suo tutore legale. Thaddeus Middleton."

Felicity annuì lentamente. "Thad è un bravo ragazzo. Dovrebbe portare la sua pupilla a una di queste serate."

"Lei *è* a una di queste serate." Cole inclinò la nuca verso la parete opposta. "È a *questa* serata."

La fronte di Felicity si increspò. "Cosa devo cercare? Boccoli biondi? Chignon castano? La ragazza con una piuma tra i capelli?"

"Quella il cui abito è fatto dello stesso tessuto della carta da parati," rispose cupamente lui. "Quella che sembra *far parte* della carta da parati."

Trascorse quasi un minuto intero prima Felicity spalancasse gli occhi. "Vedo… qualcosa?"

Cole annuì. "È un piccolo favore. Minuscolo. Presentati, poi presenta lei a… tutti quelli che conosci. Soprattutto i gentiluomini. Quindi, entrerò in gioco io."

"È per una sfida, vero?" Felicity incrociò le braccia. "Chi ti ha convinto? È stato Eastleigh? E io cosa diamine c'entro?"

"Non dire 'diamine'," la rimproverò lui. "Aspetta di avere un qualche povero imbecille in pugno; allora potrai imprecare come un marinaio."

"I marinai non dicono 'diamine'," lo informò Felicity sbattendo le ciglia. "I marinai dicono 'andate al diavolo' e 'che mi venga un colpo' e 'di tutte le stramaledette sale da ballo d'Inghilterra dovevate venire proprio nella–'"

Cole afferrò sua sorella per le spalle e la fece voltare verso le zitelle e le loro accompagnatrici. "Qualunque cosa."

L'espressione di Felicity si fece astuta. "Mi porterai a fare acquisti?"

"Hai accesso illimitato alle mie finanze," le ricordò lui a denti stretti. "Perché hai bisogno della *mia* presenza?"

"Perché tu odi fare acquisti," rispose con dolcezza Felicity.

"Hai cercato di farmi indossare mussola a righe vermiglie e pulce," le ricordò lui. "E per questo non ti perdonerò mai. Le tortine al limone o niente."

"Non lo faccio per te, ma per il fascino del mistero." Felicity guardò con occhi stretti la signorina Middleton. "E per le tortine al limone."

CAPITOLO 5

"*B*alla con me."

Diana sollevò lo sguardo e vide suo cugino Thaddeus incamminarsi a grandi passi verso di lei, un ricciolo scuro appiccicato alla tempia dopo diversi balli uno dietro l'altro.

Diana scosse la testa. "Sto bene qui. E poi, credo che le gemelle Everett spireranno qui e ora, se tu non aggiungi il tuo nome ai loro carnet."

Thaddeus esitò. "Sei sicura di non voler ballare?"

"Sicura quanto il teorema dei numeri primi di Adrien-Marie Legendre," gli assicurò lei.

Thaddeus si accigliò. "'Teoria' significa che *non* sei sicura?"

"Un'ipotesi è un pensiero di cui non si ha certezza, ma che si spera di verificare," precisò Diana. "Le teorie, invece, sono convalidate dalle prove. E un teorema–" Diana interruppe la lezione e scacciò suo cugino verso l'orchestra. "Vai a ballare. Se davvero vuoi conoscere le sottigliezze dei teoremi, ti darò una spiegazione esaustiva la prossima volta che ti massacrerò a scacchi. Per adesso, ci sono le gemelle Everett. Vai. Sciò."

Dopo averle lanciato un'ultima occhiata preoccupata, Thaddeus si inchinò e tornò alla pista da ballo.

Diana si lasciò andare contro il muro per il sollievo.

Sebbene lei non avesse mai accettato le sue gentili proposte, Thad non si stancava mai di invitarla a unirsi a lui per una contraddanza o un minuetto. Il problema non erano Thad o i minuetti. Diana amava la libertà di ballare e ne sentiva molto la mancanza.

Proprio come sentiva la mancanza dei cappelli vistosi con sgargianti piume di pavone e del modificare i suoi vestiti per scimmiottare le ultime mode francesi.

Il problema era che non poteva avere quelle cose e, al tempo stesso, rimanere al di sotto dell'attenzione della società.

Per quanto volesse essere libera di amare le cose che amava e di dedicarsi apertamente alle cause meritevoli di dedizione, il mondo non lo permetteva. Soprattutto non a una giovane donna in età da marito che si muoveva nelle altissime cerchie del *ton*.

Da una zitella, d'altro canto, non ci si aspettava che facesse la leziosa con ricchi scapoli o che ballasse ridacchiando ogni valzer. Nel giro di un paio d'anni, tre al massimo, Diana avrebbe raggiunto lo status di *Causa Persa* e, con esso, tutta la benedetta libertà che ne derivava.

Nel frattempo, doveva accontentarsi di fare

tappezzeria. L'ennesimo di una serie infinita di travestimenti, quello le permetteva di conformarsi in maniera superficiale alle aspettative della società – partecipando a balli, accettando inviti – senza prendervi davvero parte in maniera significativa.

Se il suo comportamento la faceva sembrare strana, asociale o poco femminile, beh, a volte bisognava sacrificare i pezzi migliori per vincere la partita. L'unica cosa che lei possedesse e che la società tenesse in considerazione era la sua reputazione. Fosse stato per Diana, avrebbe sacrificato anche quella. Essere 'rovinata' le avrebbe reso le cose molto più facili, perché non avrebbe dovuto vivere una menzogna in due mondi. Avrebbe potuto lasciarsi alle spalle l'alta società e concentrarsi sulla gente comune.

Ma ciò si sarebbe riflettuto negativamente su Thaddeus. Il quale era un pessimo giocatore di scacchi e uno splendido cugino. L'unico motivo per cui lei stava al gioco era perché lui amava quel mondo. I balli, le cene, i giardini di piacere. Se accompagnarla lo rendeva felice, Diana non intendeva togliergli quella felicità.

Si sarebbe limitata a guardare dalle ombre.

Le prudevano le dita per la voglia di tirare fuori il minuscolo diario dalla borsetta e prendere qualche appunto. L'osservazione attenta era il combustibile che alimentava la sua vita. Faceva colazione ogni giorno all'alba con una pila di giornali, trascorreva la mattinata in piedi indagando di persona presso i commercianti di vino, pianificava ed esaminava i risultati ottenuti il pomeriggio in preparazione alla sera, quando scribacchiava le innovazioni e le inefficienze che aveva visto dallo sfondo degli eventi sociali.

Ma negli ultimi tempi, tutte le sue riflessioni erano incentrate sul duca di Colehaven. Per quanto si impegnasse, non riusciva a toglierselo dalla testa.

Lo individuò nuovamente con lo sguardo in mezzo alla folla.

La sobrietà del suo abbigliamento lo faceva risaltare in mezzo a tutti gli altri lord dalla giacca nera e il fazzoletto bianco. Colehaven aveva una *presenza* che agli altri mancava. Un modo di dividere la stanza semplicemente entrandovi, di far sì che ogni volto si voltasse verso di lui come tanti fiori in cerca della luce del sole. Tutti sembravano sbocciare al suo passaggio.

Diana resistette alla tentazione di sprimacciarsi il vestito o di arricciarsi con le dita una ciocca di capelli. Non aveva alcuna intenzione di farsi bella, soprattutto non per lui. Il suo unico scopo era non farsi notare fino a quando non fosse giunto il momento di tornare a casa.

Tuttavia, non per la prima volta, si sentì addosso lo sguardo di Colehaven. Il suo cuore prese a battere più forte. Perché lui la stava guardando? Dopo il loro disastroso primo incontro, non l'avrebbe certo invitata a ballare, vero? E se lo avesse fatto, come avrebbe risposto lei?

Lo sguardo del duca si allontanò, come se lui non l'avesse riconosciuta.

Le spalle di Diana si curvarono contro la parete, in parti uguali per il sollievo e il dispiacere.

Era naturale che un duca dalla bellezza devastante, nel bel mezzo di un allegro ballo, non l'avesse distinta in mezzo a una folla tanto sfarzosa.

Probabilmente, l'uomo era alla ricerca di una debuttante degna del ruolo di duchessa. O magari, di un'altra conquista. A Diana non importava. Lo stava guardando perché era annoiata, non perché volesse stare tra le sue braccia.

"Preferirei essere in biblioteca," disse una voce alla sua sinistra.

Diana voltò di scatto la testa, stupita. Dopo anni trascorsi a infestare le ombre durante i raduni della società, quella era una delle poche occasioni in cui qualcuno l'avesse avvicinata.

La giovane donna dimostrava più o meno la sua stessa età. Più bassa di circa cinque centimetri, più leggera di poco più di tre chili, capelli scuri, occhi marroni. Uno splendido abito da seta di mussolina blu notte sopra un sottabito di satin color lavanda. La nuova arrivata stava fissando Diana con palese interesse.

Probabilmente, dovevano essersi intraviste in innumerevoli altre occasioni. Sfortunatamente, per quanto abile fosse Diana a memorizzare numeri e a eseguire calcoli complessi, era del tutto incapace a ricordare i volti.

Per contrastare quel suo difetto, conservava nel suo diario descrizioni fisiche dettagliate di tutti coloro che avesse mai conosciuto. Ma quello non era il momento per tirar fuori il diario dalla borsetta e cercare di identificare la persona che aveva di fronte.

"Anch'io preferirei una biblioteca," ammise invece, "ma quello è il primo luogo in cui il mio tutore verrebbe a cercarmi."

La giovane donna arricciò il naso con aria di commiserazione. "Anche il mio."

"Avete un tutore?" La mente di Diana cominciò a lavorare all'impazzata. Le pupille patrocinate senza parenti prossimi costituivano meno dell'un per cento delle donne nubili dell'alta società, il che significava che costei doveva essere–

"Ho un fratello," rispose la giovane, distruggendo quella speranza. "Il tutore peggiore che si possa avere. Soprattutto quando si tratta di un duca."

Diana strinse gli occhi. "Colehaven?"

"Colehaven," confermò la giovane con un sospiro esasperato.

Diana strinse i denti. Non aveva bisogno di aprire il diario per scoprire il nome di quella donna. Costei era lady Felicity, sorella minore – nonché unico parente stretto – del duca di Colehaven. Che si stava rivelando più fastidioso a ogni momento che passava.

Le dita di Diana si chiusero a pugno. "È stato vostro fratello a mandarvi qui?"

"Sì," rispose lady Felicity, senza la minima ostilità.

"A quale scopo?" volle sapere Diana. "Non può certo volere una presentazione formale."

"Non con lui," confermò lady Felicity. "Devo presentarvi a tutti gli altri, soprattutto i gentiluomini."

Diana rimase a bocca aperta. "*Perché?*"

"Non me lo ha detto." Lady Felicity sollevò una

spalla. "Ma sembrerebbe che intenda trovarvi marito. O meglio, farlo fare a me."

Sul suo cadavere. La nuca di Diana avvampò. Lei non era un caso disperato che un duca arrogante potesse prendere sotto la sua ala, e di sicuro non gli avrebbe permesso di rovinare il suo perfetto travestimento da 'tappezzeria'.

Si infuriò. Che se ne andasse al diavolo, il duca, e si portasse la sorella con sé. Diana non sapeva cosa farsene di chiunque credesse di poter assumere il controllo della vita di qualcun altro e di certo non intendeva prestarsi a–

"Da qui, vedo almeno mezza dozzina di scapoli appetibili a cui potrei presentarvi." Gli occhi marroni di lady Felicity si illuminarono. "Oppure potremmo andarcene in biblioteca."

Una breve risata nasale e sconcertata sfuggì a Diana prima che lei potesse trattenerla.

"Non avete intenzione di obbedire a vostro fratello?"

"Il mio scopo nella vita è fondamentalmente fare il contrario di quello che vuole lui," rispose lady Felicity con un sorrisetto diabolico. "Potrei presentarvi a tutti gli scapoli *meno* appetibili e contare i minuti che mio fratello impiegherebbe a correre da me a chiedere cosa diamine mi è saltato in mente."

Diana sorrise. Era un'immagine quasi allettante. Lady Felicity era completamente diversa da come lei se l'era immaginata. Se Diana avesse potuto correre il rischio di farsi degli amici, una persona come lady Felicity non sarebbe stata un brutto inizio.

Sfortunatamente, doveva troncare quella sciocchezza sul nascere prima che le sue possibilità di muoversi in quell'ambiente senza che nessuno la notasse venissero rovinate per sempre.

"La biblioteca," disse con decisione. Avrebbe dovuto essere abbastanza vuota da far sì che nessuno notasse una rapida conversazione. "Potete portare vostro fratello da me?"

"Ah, che peccato." Le spalle di lady Felicity si piegarono. "Speravo che saremmo potute andare a caccia dell'ultimo Radcliffe."

"Fatelo voi," suggerì Diana. "Io farò sapere a vostro fratello cosa penso esattamente della sua interferenza."

"Ripensandoci," disse lady Felicity, "preferisco assistere a *quella* scena." Ciò detto, la giovane fece una riverenza perfetta. "Lady Felicity Sutton, inaspettatamente felice di fare la vostra conoscenza."

"Signorina Diana Middleton." Con un gran sorriso, Diana riverì a sua volta. "Ugualmente."

Se anche si era chiesta come lady Felicity avesse intenzione di attirare il fratello in biblioteca, il mistero non durò a lungo. Non appena le due giovani donne si furono allontanate dalla parete in favore dell'uscita della sala da ballo, piuttosto che della pista, Colehaven abbandonò immediatamente lo champagne e si diede all'inseguimento.

Diana e lady Felicity avevano appena trovato la biblioteca quando Colehaven vi fece irruzione subito dopo di loro.

"Perché non siete nella sala da ballo?" volle sapere il duca.

"Perché non vi fate gli affari vostri?" controbatté Diana, le mani sui fianchi.

Lady Felicity svanì in mezzo alle pile di libri, ma Diana aveva il forte sospetto che stesse sbirciando da dietro le credenze.

"Cosa c'è di così brutto nel conoscere altre persone?"

"Conoscere *voi* non è stato piacevole per me," scattò Diana, il cuore che batteva all'impazzata. In precedenza, non aveva notato quanto fossero lunghe le ciglia dell'uomo. Non riuscì a distogliere lo sguardo da quei magnetici occhi color nocciola.

"Non mi piace essere oggetto di estorsione," ruggì il duca. O forse aveva avuto intenzione di farlo.

Non sembrava più arrabbiato. Anzi, non stava guardando Diana negli occhi. Il suo sguardo si era abbassato leggermente, sul punto in cui i denti di Diana le mordicchiavano il labbro inferiore.

In risposta, lei si leccò le labbra.

Colehaven fece un passo verso di lei.

"Vi ho ricattato," balbettò Diana, la voce molto più roca di quanto avesse inteso, "affinché voi *non* mi sposaste."

"Non sto pensando al matrimonio." La voce del duca era bassa, la sua bocca all'improvviso vicinissima, come se egli non riuscisse a impedire al proprio corpo di avvicinarsi lentamente a quello di Diana.

Per qualche motivo, i piedi di Diana stavano facendo lo stesso. Quando la punta del suo alluce sfiorò quello dell'uomo, il suo brivido non ebbe nulla a che vedere col clima di gennaio e tutto con l'irresistibile farabutto che aveva di fronte.

"Regina in H5," bisbigliò Diana.

"È una finta," mormorò l'uomo, incrociando il

suo sguardo con la piena intensità del proprio. "Il mio pedone mi protegge."

Il cuore di Diana prese a battere più forte quando lei si rese conto che anche Colehaven era in grado di visualizzare una scacchiera.

Scosse la testa. "Avete perso quella pedina con la vostra mossa di apertura."

"Voi dite?" chiese a bassa voce Colehaven, portandole una mano al viso. "In tal caso, che la regina si difenda da *questa* mossa."

Il suo pollice le sfiorò la guancia.

Diana trattenne il fiato.

Una pila di libri cadde rovinosamente a terra.

Lei e Colehaven si separarono di scatto, arrossendo entrambi.

"Scusate!" squittì una voce dalla parte opposta della credenza più vicina. "Il mio gomito... Non stavo guardando. Voglio dire, sì che stavo guardando, ma non gli scaffali–"

"Felicity," ringhiò Colehaven, la voce profonda carica di minaccia.

Diana si irrigidì, il cuore impazzito che ancora palpitava follemente.

Si era completamente dimenticata di lady Felicity. E, a quanto pareva, lo stesso valeva per il duca. Era impossibile nascondere il fatto che la giovane avesse origliato senza ritegno... o che avesse sfacciatamente ignorato i desideri del fratello. Il cuore di Diana mancò un battito, allarmato. Come avrebbe reagito il duca di fronte a una trasgressione così palese?

Lady Felicity uscì dalle pile di libri con una espressione angelica. "Sì, fratello caro?"

Colehaven le puntò contro un dito severo.

"*Niente* tortine al limone. Per il resto della tua vita. Hai sentito?"

"Ne è valsa la pena," mormorò a Diana lady Felicity mentre usciva dalla biblioteca a testa alta.

Diana fece un ulteriore passo indietro. Palesemente, non c'era da fidarsi del suo corpo, pronto a sciogliersi tra le braccia del nemico.

"Non ho tempo per… *questo*," mormorò.

"Non avete tempo per…" Colehaven spalancò le braccia. "Credete che io non abbia altro da fare che cercare corteggiatori per soprammobili decisi a rimanere tali? Devo pensare alla Zecca Reale–"

"Anch'io ho degli impegni," lo interruppe Diana con voce accalorata.

"–e devo pensare al Fondo Consolidato–"

"Che funzionerebbe meglio se fosse possibile utilizzare quel denaro per i lavori pubblici."

"–e a uniformare le discrepanze tra i venditori riguardo al peso e alle dimensioni dei loro prodotti–"

"Se gli impegnatissimi e importantissimi imbecilli della Camera dei Lord dedicassero alla logica lo stesso tempo che dedicano alle loro amanti, magari l'Inghilterra potrebbe standardizzare le proprie unità di misura invece di doversi giostrare tra ventisette definizioni di '*bushel*'. Per non parlare di *peck, jigger, pottle, firkin–*"

"È così che *funzionano* le unità di misura." Il duca inarcò un sopracciglio. "Ci manca solo che vogliate passare dalle iarde ai metri."

"Anche Napoleone rideva dell'idea," lo informò lei, "ma si è ricreduto quando si è reso conto dell'efficacia di quel sistema. Se molteplici nazioni ne hanno visto il valore dopo il Congresso di Vienna, forse l'Inghilterra farebbe meglio a prendere in considerazione–"

"Non accadrà mai." L'uomo incrociò le braccia di fronte al petto muscoloso. "Se sapeste quanto ho lottato per far passare un atto mirato a ostacolare l'uso di unità di misura farlocche–"

"Siete responsabile per l'Atto sui Pesi e le Misure del 1815?" chiese incredula Diana. "Erano passati diciott'anni dall'ultima volta che–"

"Lo so," disse Colehaven. "Io c'ero. E no, non sono l'unico responsabile. Si è trattato del lavoro di una commissione. Avete idea di quanti atti la Camera dei Lord approvi ogni anno?"

"Centoquarantadue l'anno scorso, centoottantadue l'anno prima e centosessantadue l'anno prima ancora," disse automaticamente Diana. Tuttavia, la sua mente non stava pensando al passato, ma al futuro.

Colehaven si passò una mano tra i capelli e le rivolse un'occhiata di sbieco. "Stiamo davvero discutendo della standardizzazione dei pesi e delle misure?"

No, si rese conto meravigliata Diana. Lei non aveva intenzione di discutere ulteriormente.

Era chiaro che il duca non era un dandy dalla testa vuota. Che se ne rendesse conto o meno, le cause per cui lottava erano le stesse di Diana. Non solo egli era abbastanza intelligente da comprendere gli scacchi, ma era un campione dei fatti e della ragione.

Quando si era trattato di riformare sistemi di misure irregolari, l'uomo aveva personalmente contribuito a dare i primi segni di progresso in quasi due decenni. Ma c'era molto lavoro in più da fare. Un sorriso segreto rischiò di impadronirsi del volto di Diana.

Il duca di Colehaven era molto più di un bel fastidio.

Era il suo biglietto d'ingresso.

CAPITOLO 6

*L*a sera prima, quando aveva lasciato solo il duca di Colehaven, Diana non aveva ancora un piano.

Era raro che non ne avesse uno. La strana sensazione che era il *non sapere* la turbava e la frustrava. L'uomo aveva davvero preso in considerazione l'idea di baciarla? Oppure era solo un altro modo, per lui, di dare sfoggio del potere che poteva esercitare?

Diana scosse la testa. I baci non avevano importanza – indipendentemente dal contenuto dei suoi sogni febbrili. La cosa importante era il fatto che lei avesse fatto la conoscenza di una persona che poteva scrivere leggi per assicurare una giustizia maggiore a tutti i cittadini.

Certo, il duca non condivideva ancora il suo punto di vista. Erano partiti col piede sbagliato. Una situazione che avrebbe dovuto essere corretta se lei voleva avere qualunque speranza di far sì che egli fosse aperto alle sue motivazioni.

Non alla sua *opinione*, attenzione. Diana non era il genere di persona che blaterava la propria opinione o che permetteva al buonsenso di essere ostacolato da qualcosa di imprevedibile come le emozioni.

Lei si occupava di osservazioni empiriche, indagini sul campo, dettagli raccolti con grande attenzione, fatti assoluti. E la verità era che il popolo inglese veniva truffato su base giornaliera. A volte per colpa di individui corrotti e a volte a causa della semplice ignoranza.

Sarebbe stato tutto così facile da prevenire. Un sistema di misura uniforme, associato a supervisione governativa e a un'applicazione costante delle–

"Non pesa bene?" chiese spaventato il negoziante di fronte a lei.

"Sì," si affrettò a dire Diana. Rassicurò l'uomo con un sorriso mentre rimetteva i suoi attrezzi nel cesto, dove c'erano anche il suo diario e un travestimento di ricambio. "Vi ringrazio per aver rispettato la legge."

Il negoziante spalancò gli occhi. "Non mi sognerei mai di non farlo."

Se solo tutti i suoi concorrenti avessero condiviso gli stessi standard elevati.

No, si corresse Diana mentre si congedava dal commerciante. Sei solo fosse stato *più facile* per la gente comune adeguarsi a standard coerenti.

Se lei fosse stata membro della Camera dei Lord, il primo atto parlamentare che avrebbe proposto sarebbe stato una riforma completa dei pesi e delle misure correnti. Il sistema in vigore al momento era troppo poco trasparente per essere applicabile e troppo illogico perché molte persone lo seguissero. Delle unità di misura semplici e uni-

formi avrebbero assicurato a tutti un trattamento giusto.

Ma Diana non era un lord. Era una nessuno; una zitella il cui status e sesso le impedivano di perorare le sue cause o di proporre direttamente le sue idee. Il meglio che poteva fare per gli altri cittadini erano ispezioni irregolari e lettere anonime.

D'accordo. Sarebbe rimasta una zitella e un agente segreto per sempre, purché potesse continuare a fare la differenza.

Uscì dal negozio e di nuovo in strada. La giornata era più calda di quella precedente, la qual cosa aveva fatto sì che la leggera spolverata di neve si fosse da tempo sciolta, creando fango. Il cappello e il cappotto poco vistosi di Diana si mimetizzavano alla perfezione. Ancora una o due soste e lei sarebbe potuta tornare a casa molto prima che suo cugino si svegliasse.

Ma quando si voltò verso St. James, una figura familiare apparve nel suo campo visivo.

Diana non riuscì a trattenere un sorriso alla vista di Felicity Sutton. Per essere la sorella di un duca, lady Felicity si era rivelata un insieme di contraddizioni. Elegante e impertinente, popolare e amante della lettura.

La giovane sosteneva di preferire la solitudine della biblioteca alle piroette di un valzer, ma nessuno aveva badato a spese per commissionare il suo abbigliamento, che Diana aveva visto meno di sei settimane prima in una raccolta degli ultimi figurini arrivati da Parigi.

Diana cambiò il suo triste cappello di 'ispettrice delle misure' con quello colorato che aveva nel cesto. L'abbondanza di fiori di seta e piume colorate era efficace quanto un travestimento. Con quell'assurdo arnese legato alla testa, nessuno avrebbe mai ricordato che il resto dell'abbigliamento di Diana era scialbo e incolore.

Diana si legò il nastro sotto il mento, quindi si voltò nella direzione di lady Felicity. Nel giro di qualche istante, la giovane le fu quasi addosso.

Gli occhi di lady Felicity si illuminarono all'istante. "Signorina Middleton! Che bello vedervi."

"Che bello vedere *voi*."

In più di un senso.

L'elegante abito da passeggio di lady Felicity era di mussola decorata verde pallido, con pizzo ricamato verde foresta. Il genere di abito che Diana sarebbe stata felice di indossare. La giacchetta abbinata si adattava alla perfezione alla corporatura di lady Felicity e l'affascinante cappellino aggiungeva la giusta nota di irriverenza. La giovane era bellissima.

Diana avrebbe voluto poter essere anche lei un figurino vivente. Ma non era una fantasia che potesse concedersi.

Non avrebbe mai messo a rischio la propria capacità di spacciarsi per assistente oberata di lavoro di un avvocato senza nome. Né poteva correre il rischio che il *ton* la vedesse come una signorina appetibile sul mercato dei matrimoni. Un marito avrebbe posto fine alle sue attività clandestine più in fretta di un travestimento rovinato.

"Dovete essere molto mattiniera," azzardò. In cinque anni di missioni clandestine, quella era la prima occasione in cui aveva intravisto un membro dell'alta società sveglio a quell'ora, per di più in giro a fare commissioni.

"Non io," disse ridendo lady Felicity. "Mio fratello si è convinto che io spenda troppo tempo 'nascosta' e si è messo in testa di trascinarmi ovunque vada. Tranne che nella sua taverna, naturalmente. Solo le donne rovinate osano entrare laggiù."

Diana le rivolse un sorriso di commiserazione. "Sembra molto simile a mio cugino. Io non parteciperei a nessun evento sociale, se Thaddeus non mi prendesse praticamente in spalla come se fossi–"

Il divertimento cedette rapidamente il passo all'apprensione.

"Un momento, avete detto 'mio fratello'? Il duca di Colehaven è qui?"

"È dietro l'angolo che tratta per l'acquisto di luppolo. Non è una questione di prezzo: se volesse, Cole potrebbe fare la birra con l'oro. Ma sembra che una specie di mago della serra sia riuscito a coltivare una varietà deliziosa e rara che non vuole vendere a nessun prezzo. Vi dirò: non importa come stia procedendo la trattativa, non appena mio fratello noterà la mia assenza–"

"Felicity Sutton," ringhiò una voce profonda e familiare. "Sono tentato di–"

L'uomo si zittì quando si rese conto di chi fosse l'interlocutrice di sua sorella.

Diana mosse le dita in un cenno di saluto, quindi nascose rapidamente le mani. Quelli erano i suoi guanti da donna della classe lavoratrice, non quelli lussuosi che le aveva comprato suo cugino. Meglio attirare l'attenzione sul suo viso e sul ridicolo cappello… e ridurre la conversazione al minimo indispensabile.

Non importava quanto le sarebbe piaciuto fissare Colehaven per tutto il giorno.

Le ampie spalle dell'uomo erano malapena contenute in un cappotto di finissimo tessuto grigio. I suoi capelli scuri si riversavano sbarazzini da sotto il cappello e i suoi occhi nocciola provocavano e scintillavano col loro colore dalla profondità infinita. Diana non avrebbe potuto distogliere lo sguardo nemmeno se ci avesse provato.

"Signorina Middleton," mormorò l'uomo, inchinandosi con eleganza.

Diana riverì tardivamente. "Vostra Grazia."

Il duca non parve notare l'allegria forzata del suo cappello o il fatto che tutto il resto del suo abbigliamento fosse pensato per essere facilmente dimenticabile. Non sembrava per nulla interessato agli indumenti di Diana. Ogni singolo grammo del suo sguardo cupo e ardente era concentrato sul labbro inferiore che lei si stava mordicchiando dal nervosismo.

Diana smise subito di morderlo.

Il duca non sollevò immediatamente lo sguardo. Quando gli occhi nocciola dalle ciglia lunghe incrociarono finalmente i suoi, la loro espressione torrida suggerì che anche lui avesse perso preziose ore di sonno a chiedersi cosa sarebbe accaduto se alle loro labbra fosse stato permesso di toccarsi.

La pelle di Diana si scaldò e, subito, lei distolse lo sguardo per mascherare il battito accelerato del suo cuore. Era indispensabile scongiurare che l'uomo sapesse quale effetto le faceva. Diana doveva rinchiudere quella parte di se stessa assieme al resto.

Quando aveva intrapreso quella strada, aveva saputo che essa l'avrebbe costretta a scegliere tra due vite molto diverse. Poteva essere una giovane elegante corteggiata dagli uomini dell'alta società e senza nulla di più importante da fare che arricciarsi i capelli in tempo per fare la sua comparsata da Almack's...

O poteva svanire completamente da quel mondo e scegliere invece di fare la differenza nelle vite dei cittadini ordinari, per i quali lo scellino rubato da una bilancia ingannevole poteva significare la differenza tra il potersi permettere o meno il cibo o delle candele per vederci.

Diana aveva fatto la scelta giusta. Sarebbe stata coerente con le sue convinzioni.

"Confido che domani verrete alla serata dei Riddings," disse Colehaven.

"Dipende." Diana si morse il labbro. Qualunque fosse stata la causa del malnato interesse del duca a trovarle marito, lei doveva farlo cessare. "Voi ci sarete?"

Lui strinse gli occhi. "Perché ho il sospetto che la mia partecipazione garantirebbe la vostra assenza?"

"Perché non siete un sempliciotto come pensavo inizialmente," gli assicurò lei.

Felicity ridacchiò dietro un guanto di seta e finse un grande interesse in una vetrina che metteva in mostra spazzole da uomo. "Ma tu guarda, quelle sembrano... setole di cinghiale? Scusatemi, devo dare un'occhiata più da vicino."

Diana la fulminò con lo sguardo. La maledetta avrebbe dovuto prendere con sé suo fratello nell'andarsene, non abbandonarli da soli insieme.

Cole le si avvicinò di un passo. "Dov'è il vostro chaperon?"

Diana gesticolò vagamente verso il negozio alle sue spalle. Non era il momento di confessare che non si era portata dietro una persona del genere, allo scopo di mantenere la sua falsa identità.

"Perché vi importa quello che faccio?" chiese invece.

"Ho intenzione di trovarvi marito," rispose lui, stupendola con la propria onestà. "Il compito diventa esponenzialmente più difficile se voi vi rovinate la reputazione prima che vi si possa trovare un corteggiatore."

"Potete anche smettere di cercare." Diana incrociò le braccia sotto il seno. "Non so perché abbiate deciso di interferire coi miei affari, ma non ho bisogno dei vostri servigi."

Colehaven inarcò un sopracciglio. "Parla il soprammobile che nessuno ricorda di aver mai visto sulla pista da ballo."

Diana sarebbe stata più serena se l'uomo e i suoi amici non avessero potuto ricordare di averla mai vista da nessuna parte.

"Non mi interessa," rispose piccata.

"Ma certo che vi *interessa*," disse esasperato il duca. "Tutte le giovani sperano di contrarre un buon matrimonio. Più aspetterete e più farlo diventerà difficile."

Esatto. Diana sorrise tra sé. Nel giro di un paio d'anni, sarebbe stata completamente fuori dal mercato dei matrimoni e conversazioni come quella sarebbero divenute prive di significato.

Colehaven scosse la testa, come se nulla fosse stato più doloroso del pensiero che lei diventasse una zitella libera da impegni e con la possibilità di agire e vivere come desiderava.

"Voi non avete la possibilità di vivere di rendita," le disse il duca in tono gentile. "Non c'è alcuna vergogna nell'accettare aiuto. Scommetto che sposerete il gentiluomo da me scelto e che ne sarete felice."

"Accetto la scommessa." Diana sollevò il mento. "Io non sposerò nessuno, men che meno un fesso scelto da *voi*."

Maledisse subito la sua lingua. Non era stata sua intenzione confessare il proprio intento di rimanere nubile. Questo la rendeva ricordabile. Il duca aveva ragione: contrarre un buon matrimonio era l'ossessione più grande di tutte le altre giovani appetibili che Diana conoscesse. Farlo era spesso l'unico modo per garantirsi un futuro agiato.

"Mi trovo nella posizione unica di rendervi un grande servigio," proseguì Colehaven. "Conosco tutti, tra il *ton*. Se poteste darmi un indizio su ciò che vi piacerebbe…"

"Che *voi*," disse subito Diana, "abbandonaste questo orripilante piano."

Un marito sarebbe stato il genere peggiore di palla al piede. Avrebbe avuto tutto il potere, in tutti i sensi. Il che significava che lei doveva stare il più lontano possibile dall'altare. Per quanto le dolesse il petto al pensiero della vita che stava rifiutando.

Dopotutto, non doveva rinunciare a *tutto*. Non avere un marito con cui condividere il letto non significava che non avrebbe potuto condividerlo con qualcuno. Dato che non si stava preservando per il matrimonio, la sua 'virtù' – o la mancanza di essa – era a sua completa disposizione.

"Di certo concorderete che un marito offra *alcuni* vantaggi," disse Colehaven.

Poteva darsi che l'uomo non avesse inteso far sì che il commento mandasse brividi di pregustazione lungo la spina dorsale di Diana. Il pensiero dell'intimità carnale, mescolato alla sua inebriante vicinanza, era quasi insopportabile. Diana riusciva a malapena a guardarlo senza chiedersi come sarebbe stato baciarlo, cosa avrebbero potuto fare le sue mani. Non c'era bisogno di *sposare* un uomo per soddisfare il richiamo del desiderio.

Tutti, ma non lui, si affrettò a ricordare Diana a se stessa. Niente gentiluomini del *ton*. Avevano troppe regole. Troppo aspettative. E il duca di Colehaven poteva anche essere il più pericoloso di tutti.

"Prenderò in considerazione i vostri pensieri sul matrimonio," disse ad alta voce. "Se voi prenderete in considerazione i miei suggerimenti per migliorare l'attuale sistema di pesi e misure."

Il duca la fissò come se lei avesse appena pronunciato parole senza senso.

"Uniformità al posto del miscuglio attuale," precisò Diana. "C'è un bisogno urgente di semplificare e normalizzare–"

"Sì, sì," la interruppe con pazienza Colehaven. "Ricordo ogni singola parola della vostra argomentazione. Essa non convincerà nessuno a passare dalle iarde ai metri. Cercate di concentrarvi sull'argomento della discussione."

Diana si concentrò più che mai.

Il duca ricordava ogni singola parola della sua

argomentazione? Lei non aveva creduto che le avesse prestato attenzione. Quello sviluppo faceva sembrare il suo sogno di far sì che il Parlamento le prestasse orecchio… beh, forse non a portata di mano, ma se non altro meno irrealistico. Diana inclinò la testa e osservò Colehaven con occhi nuovi.

Mentre la maggior parte delle donne, con ogni probabilità, dava un'occhiata ai suoi torridi e infiniti occhi nocciola e cominciava a pianificare di diventare la sua duchessa, Diana voleva diventare qualcosa di molto più importante: una *collega*. Una cassa di risonanza. Una fonte fidata. Mentre il duca sarebbe stato impegnato a scrivere le leggi per i cittadini d'Inghilterra, lei voleva essere la voce nella sua mente.

"Cole," chiamò la sorella dell'uomo. "Potremmo andare tutti a mangiare un gelato da Gunter's."

"*No*," disse subito Diana. "Voglio dire, apprezzo molto l'offerta, ma mio cugino e io abbiamo altri impegni."

Colehaven si inchinò. "Magari la prossima volta."

La prossima volta.

La speranza la incoraggiò mentre il duca accompagnava sua sorella lungo la strada. Diana si premette le mani contro il petto. Invece di trascorrere le notti a scrivere lettere anonime che non ricevevano mai risposta, quanto sarebbe stato magnifico avere un membro del Parlamento che ascoltava le sue parole e prendeva in considerazione il suo punto di vista?

Diana emise un lungo sospiro. Che un potente lord accettasse i consigli di una donna comune era una situazione talmente inaudita da costituire, di fatto, una fantasia. Tuttavia, anche solo la vaga possibilità di essere presa sul serio *in quanto se stessa* era più di quanto lei avesse mai sognato.

Ma come avrebbe potuto compiere un'impresa del genere? Non aveva idea di come fare per ottenere l'attenzione di Colehaven, tantomeno la sua fiducia. Un sorrisetto le apparve agli angoli delle labbra.

Era l'occasione perfetta per fare qualche indagine.

CAPITOLO 7

Meno di un'ora dopo, Diana si presentò all'ingresso posteriore della taverna del Duca Malandrino dopo aver apportato qualche piccolo cambiamento al suo travestimento.

Il cappello sgargiante era sparito. Invece che tornare all'abbigliamento dell'ispettrice delle misure, Diana si era infilata i capelli sotto una cuffietta e si era legata un grembiule alla vita, in modo che il caratteristico bordo crespo fosse visibile al di sotto dell'orlo del suo semplice cappotto. Dopo essersi appoggiata alle spalle uno scialle liso, Diana raccolse il cesto e si preparò a intrufolarsi nella tana del duca di Colehaven.

L'entusiasmo le pulsava nel sangue. Non bussò alla porta semiaperta della servitù.

Entrò e basta.

Il tintinnio dei bicchieri e risate mormorate colmavano quella che sembrava essere la cucina principale. Due giovani ragazzi stavano lavando e asciugando piatti e boccali, mentre un terzetto di donne preparava del cibo dal profumo delizioso ai fornelli e sul fuoco. Sulla destra c'era una dispensa ben fornita. Sulla sinistra, una stanza per la preparazione della birra. Diana entrò in quest'ultima.

Con l'eccezione del bollitore di rame, la maggior parte dell'attrezzatura era di legno di buona qualità. Un ragazzo stava rompendo dell'orzo fermentato in un angolo, mentre un altro filtrava l'infuso di malto e lo travasava in un barile. Dall'altra parte della stanza, un birraio mescolava il gigantesco bollitore.

"Jimmy, portami il lievito," chiamò il birraio.

I due ragazzi sollevarono lo sguardo da quello che stavano facendo, con gli occhi spalancati e sconcertati. I casi erano due: o nessuno di loro si chiamava Jimmy, o erano entrambi troppo inesperti per saper distinguere il luppolo dal lievito.

"Jimmy," esclamò il birraio senza sollevare lo sguardo. "Il lievito, *subito*."

Nessuno dei due ragazzi mosse un muscolo.

Diana si avvicinò.

"Dov'è Jimmy?" bisbigliò.

"A prendersi cura di sua mamma," bisbigliò di rimando uno dei ragazzi. "È scivolata sul ghiaccio, poverina. Jimmy ha paura che perderà il posto se il padrone lo scopre. Stiamo cercando di coprirlo."

"Bravi," mormorò Diana. Era giusto prendersi cura delle madri e degli amici.

Ma la birra non si sarebbe fatta da sola.

Diana passò lo sguardo sulla stanza in cerca del lievito scomparso. Badando a tenere nascosto il viso con l'orlo della cuffietta, si affrettò a portarlo al birraio e glielo porse in silenzio.

L'uomo grugnì il proprio assenso senza degnarla nemmeno di uno sguardo.

Diana sorrise tra sé. A quanto pareva, i servitori erano invisibili tanto nelle taverne quanto nei negozi del vicinato.

Lei non era incosciente al punto da entrare nelle sale aperte al pubblico, naturalmente. Anche se suo cugino era a casa, a letto, e il duca di Colehaven stava accompagnando la sorella, non valeva la pena correre il rischio.

E poi, non si era infiltrata nella taverna per guardare la clientela, ma per indagare sul suo proprietario.

Se c'era una cosa che Diana aveva imparato nei suoi cinque anni di ricerche sul campo, era che il valore di un uomo non era nel modo in cui questi si presentava in pubblico, ma nel modo in cui gestiva i suoi affari. Avvertì l'impulso di tirare fuori il diario dal cesto e scribacchiare furtivamente degli appunti mentre ispezionava ogni elemento.

Fino a quel punto, aveva parecchie ragioni per essere colpita. Con l'eccezione dell'assente Jimmy, ogni membro dello staff era al suo posto e stava svolgendo in maniera ammirevole il proprio lavoro. Gli scaffali erano ben forniti e organizzati con precisione, e ogni postazione era progettata per una posizione o compito specifici.

Lanciò un'occhiata a due cameriere appena entrate, che sembravano essere di ritorno dal mercato. Con rapida efficienza, le due posarono diversi pesanti cesti su uno stretto tavolo da lavoro e cominciarono a estrarre il bottino.

Una di loro aggrottò la fronte e guardò Diana con aria perplessa. "Voi chi siete?"

"La signora Flanders," improvvisò Diana in tono autorevole, come se quella fosse stata la risposta alla domanda. Inarcò le sopracciglia. "Siete riuscite a trovare tutto il necessario?"

La cameriera annuì; chiaramente, stava pensando ad altro. "Il solito, più gli ingredienti per questa sera."

"Cosa c'è questa sera?" chiese Diana. Ora che le cameriere credevano che lei fosse stata mandata a ispezionare la cucina, non poteva sprecare un'occasione tanto grande.

La cameriera la guardò come se avesse perso la testa. "*Collop* alla scozzese, vitello, fischioni arrosto, sedano stufato, animelle, piselli e crostatine. È giovedì."

"Naturalmente," mormorò Diana.

La cameriera più anziana spinse un pezzo di carta nella sua direzione. "Controllate pure."

Diana prese il foglio.

Subito, tirò fuori pesi e bilance dal cesto e li mise sul tavolo. Uno alla volta, pesò ciascuno degli ingredienti acquistati e confrontò i risultati col peso scritto sul foglio.

Nella maggior parte dei casi, il peso corrispondeva.

In tre, no.

"Dove avete comprato questa panna?" volle sapere Diana. "E quest'orzo? E questi piselli?"

La cameriera più giovane voltò il foglio, rivelando una rozza mappa disegnata sull'altro lato.

"I venditori non ci sono sempre tutti, ma qua si trovano i piselli migliori..." La giovane indicò una piccola X. "... e il malto migliore..." Indicò un'altra X. "... e la panna che costa meno."

Non c'era da stupirsi che la panna fosse economica: il commerciante aveva venduto alla cameriera una quantità inferiore rispetto a quella dichiarata, magari piazzando di nascosto il pollice sul piatto della bilancia o semplicemente avendo calibrato quest'ultima in maniera errata.

Allo stesso modo, il peso dei piselli era inferiore a quello che avrebbe dovuto essere, mentre il malto era leggermente di più. O il venditore era stato generoso con le due belle cameriere, o la persona che costui truffava tutti i giorni era lui stesso.

Diana copiò la mappa nel suo diario e aggiunse le annotazioni del caso. Avrebbe assicurato che la sua lista futura includesse ciascuno di quei commercianti. Indipendentemente dal fatto che il duca di Colehaven si rivelasse il genere d'uomo con cui una donna potesse parlare di distribuzione del peso e precisione matematica, Diana non avrebbe permesso che lui o lo staff della sua cucina venissero defraudati anche solo di un pisello.

Restituì il foglio di carta alle cameriere proprio mentre una risata roboante colmava l'altra metà della taverna.

"Dev'essere mezzogiorno," borbottò la cameriera più anziana senza guardare nessun orologio.

La più giovane annuì con aria di commiserazione. "La coda comincia alle undici e mezza."

"Le Loro Grazie saranno qui entro un'ora." La cameriera più anziana indicò il sedano. "Comincia a tagliare."

La schiena di Diana si raddrizzò per l'allarme.

'Le Loro Grazie' non potevano essere che i proprietari della taverna, i duchi malandrini originali: Colehaven e Eastleigh. Diana non aveva mai conosciuto il duca di Eastleigh, ma non poteva rischiare di essere presente all'arrivo del duca di Colehaven.

E tuttavia, le voci che si riversavano dalla porta aperta che conduceva dalla cucina alla sala principale erano irresistibili. Diana non avrebbe potuto fare una seconda visita alla taverna. Quella era la sua ultima occasione di osservare coi suoi occhi il carattere della clientela.

Badando a tenersi fuori vista, si avvicinò alla porta aperta e tese l'orecchio.

"Non sono d'accordo," disse una voce maschile. "Collegare il valore della sterlina all'oro è stato l'atto più saggio che il Parlamento abbia approvato l'anno scorso."

Diana rimase di stucco. Quelle non erano certo le esclamazioni da ubriachi che lei aveva temuto.

"Non farti sentire da Colehaven," disse un altro. "Si monterà la testa."

"Era una delle sue?" chiese il primo uomo.

"Lui era membro della commissione," confermò una terza voce. "Non ricordate quando si fermava a malapena per una pinta prima di andare a chiudersi nel suo ufficio a riscrivere bozze?"

"No," disse ridendo il primo uomo. "Io ho bevuto le *mie* pinte. Non mi ricordo niente."

Si udì un rumore di bicchieri che tintinnavano.

Con un sorrisetto, Diana scosse la testa e fece per allontanarsi.

"Credi che abbia trovato un marito per la piccola Middleton?" chiese un'altra voce.

Diana si immobilizzò.

"Lui vince sempre, no?" disse uno degli uomini. "E poi, ho sentito dire che lei è bellina, sempre che si riesca a vederla."

"Può darsi," disse lentamente un altro. "D'altro canto, non è stato Thaddeus a dire che era quasi improponibile?"

"Non 'quasi' improponibile," corresse l'amico di costui. "*Improponibile*."

Diana barcollò, la testa che le girava. *Thad* aveva detto una cosa del genere? Il suo stomaco precipitò. Thad non era solo il suo tutore legale: era suo cugino e il suo unico amico. Tutti li vedevano praticamente come fratelli. Diana gli voleva bene come se fossero stati tali.

E lui non vedeva l'ora di liberarsi di lei.

"Può anche darsi," disse qualcun altro. "Ma Colehaven non avrebbe accettato se non fosse stato sicuro di uscirne vincitore. Immagino che abbia una quantità di potenziali corteggiatori in mente."

Lo stomaco di Diana precipitò. La notizia non faceva che peggiorare.

"Scommetto che hai ragione," disse il primo uomo. "Probabilmente, mentre noi ce ne stiamo qui a parlare, Colehaven sta scrivendo contratti di matrimonio."

Diana chiuse a pugno le dita tremanti. Al diavolo i potenziali corteggiatori del duca – e la mancanza di fede di suo cugino in lei. Diana non era la pedina di nessun uomo.

Di sicuro non si sarebbe fatta dare in sposa contro la sua volontà perché un duca pieno di sé credeva di sapere cosa fosse meglio per lei. O magari non gli importava nulla dei suoi desideri. Diana era solo una scommessa. L'ennesima vittoria di un uomo imbattuto.

Senza dire una parola, Diana uscì a grandi

passi dalla cucina e alla luce del sole. Un sorriso cupo le curvava le labbra.

Il duca di Colehaven si riteneva capace di manipolare la sua vita come un burattinaio? Aveva fortemente sottovalutato la sua avversaria.

Sarebbe stata lei a manipolare *lui*.

CAPITOLO 8

Cole entrò dall'ingresso principale del Duca Malandrino con la fronte aggrottata per i pensieri.

"Colehaven!" fu il grido che si levò. Una dozzina di boccali brindarono all'unisono a lui.

Cole prese posto come di consueto tra la sua consueta compagnia; ma poco, nella sua vita, gli sembrava ora consueto. Non voleva nemmeno la birra schiumosa che il barista fece scivolare nella sua direzione. Invece di bere, Cole fissò in silenzio il boccale col monogramma.

"Perché quella faccia?" chiese Jack Barrett. "Vostra sorella vi ha di nuovo smontato il calesse?"

"Peggio," scherzò Giles Langford. "Lo hanno cacciato dal Comitato per la Semina Sistematica delle Sementi."

Cole avrebbe *voluto* far parte di una commissione del genere. Forse, in tal caso, il suo cervello avrebbe avuto qualcosa di produttivo su cui ruminare, piuttosto che fargli rivivere ogni singolo, insopportabile momento delle sue interazioni con Diana Middleton.

Quando Thad aveva dichiarato che la sua pupilla era improponibile, Cole aveva immaginato che la mancanza di corteggiatori da parte della signorina Middleton fosse dovuta a un aspetto poco attraente, o un intelletto sottosviluppato, o magari a un qualche tipo di goffaggine che le impediva di essere una compagna di ballo desiderabile. Spesso, i giovanotti erano superficiali nella loro ricerca di una moglie.

Ma la signora in questione era bella, intelligente, sicura di sé, sicura di tutto. Se le mancavano i corteggiatori, Cole cominciava a sospettare che ella li avesse spaventati di proposito.

"Dunque?" strascicò Eastleigh.

"Diana Middleton," borbottò Cole, portandosi la birra alle labbra prima che qualcuno lo costringesse a chiarirsi.

"Sta perdendo?" esclamò incredulo qualcuno.

"Controllate il registro," esclamò gioiosamente qualcun altro. "Ho scommesso dieci cocuzze sulla fine del suo periodo di invincibilità!"

"Non sto *perdendo*." Cole posò la birra. "Ho tempo fino al termine della Stagione, che – se ben ricordate – è cominciata solo questa settimana."

"Sta proprio perdendo," mormorò teatralmente Eastleigh, per la gioia della folla.

Cole fulminò con lo sguardo il suo migliore amico.

Eastleigh fece tintinnare il boccale contro il suo. "Possano tutte le donne della tua vita non darti mai un momento di pace."

"Possa quella che è scappata da te trovare la strada del ritorno," ricambiò Cole.

Eastleigh si strozzò con la birra.

"Un altro giro," esclamò Langford.

"E un bavaglino per Eastleigh!" gridò qualcun altro.

Tutti avevano ricominciato a ridere, compreso Cole. Non ce la faceva. Qualunque cosa accadesse all'esterno, il Duca Malandrino lo metteva sempre di buonumore.

La taverna era più che un semplice rifugio familiare, dove tutti conoscevano il suo nome ed erano felici di vederlo tutte le volte che entrava dalla porta. Cole aveva goduto della loro compagnia per anni. Li *conosceva*; e loro conoscevano lui. Era una cosa semplice, ma che gli dava grande conforto.

Quando era arrivato a Oxford per la prima volta, aveva 'fatto amicizia' con un gruppo di ragazzi a due facce che lo prendevano sempre in giro alle sue spalle. Tutto lo identificava come un estraneo. Il suo accento, il disagio con cui portava i suoi vestiti, il modo in cui mancava occasionalmente di reagire quando ci si rivolgeva a lui col suo nuovo titolo, in cui non si rendeva conto che 'Vostra Grazia' si riferiva a *lui*. Per quella gente, Cole non era stato altro che oggetto di ridicolo.

Fare la conoscenza di Eastleigh e dei suoi amici aveva cambiato tutto.

All'improvviso, Cole si era trovato circondato da ragazzi che erano esattamente come si presentavano: un branco di canaglie, fino all'ultimo. Cole e Eastleigh erano i peggiori: genuini, onesti e birbanti senza ritegno. Si erano guadagnati il soprannome di 'duchi malandrini' e vivevano all'altezza delle loro reputazioni. Non solo come canaglie diaboliche, ma anche come avversari formidabili dentro e fuori dalle aule.

Cole aveva giurato che non avrebbe mai più sprecato il suo tempo con degli ipocriti a due facce.

Non ricordava più chi li avesse sfidati ad aprire una taverna e chiamarla il Duca Malandrino. Era semplicemente lieto che lo avessero fatto. Quel pub senza pretese aveva avuto un successo al di là delle aspettative di chiunque.

"Al Duca Malandrino," disse, sollevando il boccale.

"Al Duca Malandrino!" risposero in coro i suoi amici.

Cole sorrise e bevve un sorso di birra.

"Cosa farai con la signorina Middleton?" mormorò Eastleigh.

Un'immagine di labbra rosee e carnose e di ammalianti occhi azzurri lo colmò di una voglia improvvisa.

"Nulla," riuscì a dire, incapace di cancellarsi dalla mente quell'immagine sensuale. "La darò in sposa."

"Immagino che tu abbia preparato una lista di probabili candidati."

Cole sollevò la birra piuttosto che rispondere.

Non aveva una lista di probabili candidati pronta. Anzi, il pensiero che la signorina Middleton aprisse le braccia a un altro uomo lo infastidiva decisamente.

"Non tutti gli uomini sono uguali," borbottò. "Devo assicurarmi che a sposarla sia uno degno di lei."

Eastleigh sbuffò. "Devi trovarle un buon partito, non aspettare un principe delle fiabe che se la porti nel suo castello."

Cole aveva il sospetto che nemmeno il principe le sarebbe piaciuto. Non che la cosa avesse importanza. Aveva accettato la scommessa e giocava per vincere.

Avrebbe trovato un marito a Diana Middleton.

$\mathscr{A}$lla serata dei Riddings, la sera dopo, Diana prese il suo solito posto lungo la parete più lontana dalle danze. La quercia giacobita dei pannelli dei Riddings le impediva di fondersi completamente con lo sfondo, ma lei aveva badato a scegliere un abito il cui azzurro pallido si abbinava perfettamente alla tappezzeria.

Diana si preparò per una lunga serata di invisibilità ininterrotta. Non si annoiava mai: analizzare gli appunti nel suo diario le teneva la mente felicemente occupata. Inoltre, le serate erano occasioni splendide per osservare gli scambi tra i membri del *ton* senza che nessuno se ne accorgesse.

O almeno, lo erano state un tempo.

Con stupore di Diana, i pannelli di legno le avevano scavato nella schiena per meno di un quarto d'ora prima che un terzetto di giovani donne eleganti si dirigesse dritto verso il suo rifugio, capitanato da Felicity Sutton.

"*Non* provate la limonata," mormorò lady Felicity mentre porgeva a Diana un bicchiere di sherry. "A meno che non vi piaccia la violenza del succo di limone non diluito e senza la minima traccia di zucchero."

Diana rimase di stucco. "Io…"

Lady Felicity indicò la giovane alla sua destra. "Lei è lady Viola Fairfax. I nostri fratelli possiedono il Duca Malandrino, ma vi prego di non farcene una colpa." Lady Felicity indicò alla propria sinistra. "Lei è la signorina Priscilla Weatherby. Il suo pappagallo sa imprecare in tre lingue." La giovane sorrise alle sue amiche. "Pris, Vi, lei è la signorina Diana Middleton. L'ho vista coi miei occhi duellare verbalmente con Colehaven e sopravvivere. È una di noi."

La gola di Diana si serrò. Non aveva mai avuto un *noi* a cui appartenere, in passato. La sensazione le fece quasi girare la testa.

Sebbene l'ultima cosa di cui avesse bisogno fosse un aumento esponenziale del numero di membri dell'alta società in grado di riconoscerla, non riuscì a non avvertire un malinconico svolazzare di farfalle nello stomaco all'idea di avere delle amiche. Di fare parte di un *noi*.

"Come state?" balbettò tardivamente.

Ora che quelle donne l'avevano conosciuta, la cosa migliore da fare era non attirare ulteriormente l'attenzione. Si sarebbe mostrata ordinaria, noiosa, mediocre. Nel giro di qualche giorno, qualcosa di più interessante avrebbe attirato la loro attenzione e Diana sarebbe tornata a fare tappezzeria come sempre.

"Avete impegni per domani pomeriggio?" chiese lady Felicity. "Noi andremo a Bond Street a comprare dei guanti nuovi, poi a pattinare nel parco."

"A meno che non piova," aggiunse lady Viola.

Lady Felicity annuì. "Se dovesse piovere, trascorrerò il pomeriggio davanti al fuoco con della cioccolata e la mia copia di *Glenarvon*. Ho dedotto la vera identità di quasi tutti i personaggi."

Lady Viola fece una smorfia. "Non sta bene spettegolare dei propri pari."

"Ma è una lettura deliziosa," disse lady Felicity con un sorriso impenitente. "Una volta mi credevo un maschiaccio, ma ora mi rendo conto che devo impegnarmi molto di più se voglio venire satirizzata in un romanzo gotico."

La signorina Weatherby si strozzò con una risata. "Se Colehaven ti sentisse dire una cosa del genere–"

"–io gli sguinzaglierei contro la signorina Middleton." Lady Felicity rivolse a Diana un ammiccamento complice. "Lui non la spaventa per nulla."

Una tempesta perfetta di emozioni contrastanti sconvolse il petto di Diana. Avrebbe tanto voluto far parte di un gruppo così vivace e allegro. Andare a pattinare, a fare acquisti insieme, scambiare libri con loro e ridere di battute private.

Ma era una vita diversa da quella che lei aveva scelto. Un modello di donna diversa. Diana doveva rimanere sullo sfondo, essere il genere di persona che gli occhi di qualcuno potevano notare, ma mai *vedere* davvero.

In una posizione del genere, solo una stolta avrebbe trascorso un momento in più del necessario in compagnia di una giovane donna che si vantava della propria capacità di smascherare gli altri. Se la doppia vita di Diana fosse diventata di pubblico dominio, la sua reputazione sarebbe stata rovinata… e forse, per associazione, lo sarebbe stata anche quella di Thad.

La cosa migliore, per Diana e per quelle giovani sorridenti, era che andassero ognuna per la propria strada.

Ma come poteva scacciarle senza suscitare sospetti ancora maggiori?

La signorina Weatherby si guardò alle spalle. "*Dove* è Colehaven?"

Lo sguardo di Diana corse immediatamente al punto preciso in cui si trovava il duca. Lo aveva seguito con lo sguardo dal momento in cui era entrata nella sala da ballo assieme a suo cugino.

Non era solo il fatto che Colehaven fosse l'uomo più attraente tra i presenti. Era come se ogni centimetro del corpo di Diana fosse sensibile a ogni suo movimento. Un sorriso veloce la scaldava dentro. Una risata roboante le faceva palpitare il cuore.

Puro nervosismo, si disse Diana. Nient'altro. Un duca era pericoloso per principio, ma un lord che sembrava essere amico intimo di tutti coloro a cui passava vicino lo era anche di più. Il suo interesse in lei derivava semplicemente da una sfida. Probabilmente, l'uomo stava passando in rassegna i propri pari per determinare quale povero cretino fosse quello a cui affibbiarla.

Oh, perché il duca aveva fatto quella scommessa? Un membro della Camera dei Lord che prendeva atto delle opinioni appassionate di una giovane nubile, priva di titoli e di importanza, era improbabile anche nelle migliori delle circostanze. Con l'attenzione concentrata sul vincere una scommessa, il duca sarebbe stato ancora meno aperto a lunghe discussioni di politica o alle ricerche dettagliate che lei aveva scritto a mano nei suoi diari.

"Lo chiamo," disse lady Felicity, sollevando immediatamente il ventaglio per attirare l'attenzione del fratello.

Lo sguardo di Colehaven corse non a sua sorella, ma a Diana.

"Scusatemi," disse di getto lei. "Devo andare."

Restituì lo sherry e fuggì dalla sala da ballo prima che le giovani potessero farle domande. Detestava essere maleducata, ma non poteva correre il rischio che il duca, sua sorella e le amiche di lei unissero le forze allo scopo di costringerla a ballare nella speranza che incontrasse il suo futuro fidanzato.

Quello era il sogno di un'altra. Non di Diana.

Camminando alla cieca, percorse il corridoio e oltrepassò la terrazza, il gabinetto delle signore, diverse porte chiuse, per poi intravedere una biblioteca poco illuminata. La porta era leggermente socchiusa e l'unica luce sembrava provenire da un fuoco morente dietro un parascintille lontano.

Perfetto.

Diana entrò nella stanza, oltrepassò gli scaffali di libri fino a raggiungere i resti del fuoco, e si sedette su una Chesterfield consunta per appuntare le sue ultime osservazioni nel suo diario.

Prima che le sue dita potessero estrarre il volumetto dalla borsetta, un movimento ai margini del suo campo visivo attirò la sua attenzione, quando un certo bel gentiluomo penetrò nel suo rifugio. Il duca l'aveva trovata nell'oscurità.

"Avete dunque tanta paura che qualcuno osi chiedervi il carnet?"

Diana rabbrividì quando il basso brontolio della voce dell'uomo la avviluppò come una carezza. La semplice consapevolezza del fatto che stessero condividendo la luce dello stesso fuoco la fece arrossire violentemente.

Balzò in piedi, decisa a ignorare quelle fantasticherie.

"Non ho un carnet," ribatté. O meglio, avrebbe voluto farlo. Ora che vedeva quanto poco spazio li separasse, non era sicura che dalla gola le fosse uscito un solo suono.

Il corpo dell'uomo era così vicino da farle quasi sentire il proprio calore contro la sua pelle. I suoi riccioli scuri sembravano invitarla a toccarli, mentre la sua bocca era una promessa decadente. Un rischio che lei non osava correre.

Diana deglutì a fatica. Cinque anni prima, quando aveva deciso per la prima volta che avrebbe servito il suo Paese piuttosto che un marito, una minuscola parte di lei si era appassionata all'idea di un futuro colmo di libertà assoluta.

All'età prossima allo zitellaggio di venticinque anni, le sue prospettive di matrimonio erano già cupe. Liberatasi dall'idea di conservarsi per un marito, le era venuta in mente l'entusiasmante possibilità di *non* conservare nulla. Una donna poteva volare di fiore in fiore quanto un uomo, giusto? L'indipendenza non significava necessariamente una vita senza piaceri.

Quella fantasia, naturalmente, aveva avuto vita breve. Invitare libertini e canaglie nel suo boudoir l'avrebbe esposta troppo agli occhi del *ton.* Nemmeno preferire ai dandy dell'alta società gli uomini della classe lavoratrice sarebbe andato bene; non quando lei doveva mantenere l'apparenza di un'ispettrice delle misure professionale e insignificante.

Le relazioni di Diana con uomini forti e virili sarebbero rimaste immaginarie come le storie raccontate nei romanzi rilegati in cuoio sugli scaffali della biblioteca.

Tutto ciò le imponeva un forte svantaggio. Lei sapeva tutto ciò che c'era da sapere riguardo a pesi, a misure, a volumi e a bilance. L'unica cosa che non sapeva era cosa fare con Colehaven.

O perché il solo vederlo le accelerasse i battiti del cuore.

Si lisciò l'abito, lieta per la luce limitata emessa dal fuoco. "Se siete venuto a riportarmi nella sala da ballo per farmi sorridere a dei corteggiatori, temo che abbiate perso tempo."

"Lo sospettavo," ammise l'uomo. "Ma sono venuto comunque."

"Perché?" chiese lei, aspettandosi magari che il duca le spiegasse gentilmente perché le sue speranze, i suoi pensieri e i suoi sogni erano del tutto sbagliati e come Diana avrebbe dovuto permettergli di decidere quando e dove lei avrebbe dovuto sposarsi.

"A volte, anch'io preferirei essere ovunque, tranne che su una pista da ballo," rispose Colehaven.

Diana rimase di stucco. "Ma voi siete duca!"

"E i duchi sono famosi perché ballano?" chiese lui, palesemente divertito. "La maggior parte di loro ha il doppio dei miei anni e non riuscirebbe a trovare l'orchestra nemmeno con una lente d'ingrandimento."

"Volevo dire," balbettò Diana, "gli eredi e le loro riserve non vengono preparati alla vita nel *ton*? Verrebbe da pensare che le feste, di qualunque dimensione, siano il vostro mondo."

"E sono certo che lo sarebbero state," concordò il duca, "se io fossi stato cresciuto per fare parte di quel mondo. Mia sorella e io eravamo i temuti 'parenti poveri'. Pochi sapevano anche solo che io fossi lontanamente in linea di successione per il titolo."

"Cos'è accaduto?" chiese a bassa voce lei.

Colehaven tentennò. "Posso?"

Lei si sedette sul bordo della poltrona.

Dopo aver preso posto, Colehaven posò il bicchiere di sherry sul tavolino, invece che portarselo alle labbra. La sua espressione era pensierosa.

"La maggior parte dei lord genera numerosi eredi, allo scopo di scongiurare che il suo eccelso titolo cada nelle mani di un disgraziato cugino di secondo o terzo grado," iniziò a spiegare.

Diana annuì, accigliandosi.

"Io sono il cugino disgraziato." L'onestà di Colehaven era sconcertante. "Un giorno, un avvocato a me sconosciuto mi informò che c'era stata una serie di disgrazie nell'ultimo decennio–"

"Non vedevate la vostra famiglia da un decennio?" disse di getto Diana.

"Vedevo mia sorella tutti i giorni. La mia famiglia è lei. Nessun altro veniva mai a trovarci, forse per timore che ricambiassimo il gesto." Il tono di voce del duca si indurì. "Nessuno rimase sconvolto più di me. Non avevo idea di come si facesse a essere lord, e all'improvviso ero duca."

Diana si sporse verso di lui. "Cosa avete fatto?"

"Ho imparato in fretta," rispose Colehaven. Gli angoli della sua bocca si curvarono, ma le ombre le impedirono di vedere se il sorriso gli raggiungesse gli occhi. "Sono stato mandato a conseguire un'istruzione adeguata."

"E l'avete ottenuta?"

Questa volta, Colehaven rise. "Più di quanto ci si aspettasse, scommetto. Ero del tutto impreparato, ma mi tuffai negli studi. Dovetti imparare tutte le basi che mi mancavano per capire ciò che mi veniva insegnato. Non sono certo di aver dormito, durante quei primi mesi, da tanto ero deciso a essere riconosciuto quantomeno all'altezza dal punto di vista accademico."

"Gli altri giovani nobili vi ritenevano indegno del vostro titolo?"

Colehaven inclinò la testa. "Indegno di Oxford. Inferiore a loro. Per cui, mi impegnai a eccellere in ogni modo possibile. All'inizio, pensai che ciò significasse dimostrarmi migliore di tutti quei ragazzi che ridevano alle mie spalle. Loro potevano anche essere nati per i ruoli che occupavano, ma io ero deciso a studiare, allenarmi e imparare a memoria fino a quando non fossi riuscito a diventare più duca del più brillante tra di loro."

"Ha funzionato?"

"In maniera misteriosa." La bocca dell'uomo ebbe un guizzo. "Guadagnai il loro rispetto a scapito di quello di me stesso. Alla fine, mi resi conto che stavo permettendo alle persone sbagliate di decidere il valore di un uomo."

Diana annuì. "La bilancia non era quella giusta."

Colehaven sollevò una spalla. "Volevo essere rispettato per quello che *ero*, non per le etichette affibbiatemi da altri. Ero stanco di quelle catene. Per cui, mi liberai."

Diana inarcò un sopracciglio. "Come si può fare una cosa del genere?"

"Nel mio caso?" Colehaven ebbe un sussulto. "Una scommessa assurdamente folle che mi portò il mio primo, vero amico a Oxford."

Diana si portò le mani alle tempie e finse di concentrarsi. "Gli spiriti guida mi dicono... il duca di Eastleigh?"

Colehaven spalancò gli occhi. "Dovreste leggere la sorte a Vauxhall. Ditemi, incontrerò una bella sconosciuta?"

"Sì," rispose subito lei. "Si chiama Eastleigh."

Il duca scosse la testa, come se stesse ripensando con affetto alle imprese passate. "Presto divenimmo noti come 'i duchi malandrini'. E temo che fosse un soprannome meritato. Quando non stavamo studiando – o facendo malandrinate – ci potevano trovare alla taverna locale, di cui avevamo fatto una seconda casa."

"A bere e fare bisboccia dal tramonto all'alba?"

"Peggio." Colehaven abbassò la voce fino a sussurrare. "A bere e fare bisboccia con persone non titolate, *anche se costoro non avevano frequentato l'università.*"

Diana si ritrasse, fingendo orrore. "Bontà divina!"

Il duca annuì solennemente. "Prima della fine del primo anno, avevamo fatto amicizia con mezza città. Quei dibattiti da ubriachi e quelle conversazioni vivaci mi fecero conoscere alcuni tra gli uomini migliori che io abbia mai conosciuto."

"Immagino sia per questo che molti uomini amino trascorrere le loro giornate nei loro club."

"No," disse lentamente Colehaven. "Non penso sia questa la ragione. La maggior parte dei club per gentiluomini è fatta per radunare individui che condividono le stesse opinioni e che hanno gusti e origini simili. Brooks's è per gli Whig, White's per i Tory. Se un membro crede che un candidato non corrisponda ai requisiti, è sufficiente un singolo voto contrario per impedire l'ingresso all'elemento indesiderato."

"Quali sono le regole per diventare membri del Duca Malandrino?"

"L'unica regola è che non ci sono regole." Il sorriso del duca era contagioso. "Il mondo potrà anche non essere giusto nei confronti di tutti gli uomini, ma almeno la nostra taverna può esserlo. Indipendentemente dal colore politico, dalle convinzioni o dalle dimensioni della borsa."

Il cuore di Diana si scaldò. Lei ammirava che Colehaven stesse cercando di creare un luogo di discussione aperto, dove membri di classi sociali diverse fossero non solo benvenuti, ma liberi di condividere i loro punti di vista e di fare amicizia con persone completamente diverse. Ciò la diceva lunga sulla personalità dell'uomo... e la colmava di speranza.

Se Diana avesse potuto dimostrare al duca che rivedere il sistema di pesi e misure dell'Inghilterra non era solo la decisione più logica, ma anche la cosa *giusta* da fare, Colehaven era il genere d'uomo che non si sarebbe fermato di fronte a nulla per arrivare fino in fondo.

Lei l'aveva già fatto una volta, ricordò a se stessa. Le sue lettere anonime alla Camera dei Lord avevano incoraggiato l'Atto del 1815. Nessuno sospettava quel collegamento, naturalmente. Gli uomini potevano anche essere tutti uguali nella taverna di Colehaven, ma le donne non erano uguali agli uomini da nessuna parte.

Sarebbe stato impossibile che il punto di vista di Diana ottenesse rispetto per conto proprio, non importava quanto lei potesse volere che i suoi pensieri fossero considerati validi. Se la riforma fosse stata un'idea di Colehaven, essa avrebbe avuto una possibilità. L'uomo poteva anche non essere pronto ad avere un dibattito politico con lei, ma di sicuro quella serata dimostrava che non era necessario che loro due fossero nemici.

Il duca fece una smorfia guardando il bicchiere. "Che ci crediate o meno, non sono venuto qui per blaterare dei cari, vecchi tempi di Oxford."

"L'esordio era terribilmente deprimente," gli assicurò sorridendo lei. "Se non fossi stata interessata, non vi avrei chiesto nulla."

Anzi, le era venuto il prurito alle dita per la voglia di tirare fuori il diario dal suo nascondiglio e scrivere ogni parola da lui pronunciata per analizzarla in seguito.

"Allora spero che sia lecito fare marcia indietro," disse l'uomo con un sorriso sardonico. "Sono venuto qui perché vorrei approfondire la vostra conoscenza."

Un improvviso attacco di panico mozzò il fiato

di Diana. L'ultima cosa di cui lei avesse bisogno era che un potente duca cercasse di scoprire i suoi segreti personali.

"Non c'è nulla da dire," si affrettò a rispondere. "Sono sicura che, se ci fosse qualcosa di interessante in me, Thaddeus avrebbe già parlato."

"Non gli ho chiesto nulla," ammise Colehaven. "Non voglio che lui fraintenda il mio interesse."

Beh. *Quella* secchiata di acqua fredda avrebbe certamente calmato l'ardore di Diana. Lei e il duca avrebbero potuto discutere o meno di matematica, un giorno, ma l'interesse del duca in lei era dovuto a pura e semplice curiosità. Per non dimenticare, Diana ricordò a se stessa, che l'unica motivazione di Colehaven era darla in sposa a qualcun altro per vincere una scommessa.

Si alzò. "Farei meglio a tornare indietro prima che qualcuno noti la mia assenza."

Colehaven si alzò immediatamente in piedi. "Gradite che vi accompagni?"

"No," rispose energicamente Diana. "Non voglio che qualcuno fraintenda il vostro interesse."

Colehaven ebbe un sussulto. "Ho parlato senza riflettere. Intendevo–"

"Non fraintendete nemmeno il mio, di interesse." Il cuore di Diana le batteva in gola per la loro vicinanza. "Io non voglio *sposarvi*."

Il duca fece un passo avanti. "E allora *cosa* volete da me?"

Diana permise al proprio sguardo affamato di percorrere il corpo dell'uomo. "Voglio…"

Il bordo dello stivale di Colehaven le sfiorò la scarpa e, all'improvviso, lui era troppo vicino perché lei potesse pensare coscientemente.

"Fermatemi," disse l'uomo, mentre abbassava la bocca vicino alla sua. "Prima che io prenda quello che voglio."

In risposta, Diana sollevò le labbra per andare incontro a quelle di lui.

L'elettricità la percorse, mandandole un formicolio lungo tutto il corpo. All'improvviso, aveva le dita avvolte attorno al collo di Colehaven, mentre le braccia di lui la stringevano contro il suo corpo.

Fino a quel momento, Diana si era creduta esperta. Era già stata baciata, in passato. Nulla poteva sorprenderla.

Ma Colehaven faceva ardere le sue carni. Il tocco dell'uomo era completamente diverso dai goffi baci rubati della sua gioventù. Il duca era sicuro di sé, forte, uno scoglio. Le sue braccia la stringevano forte, protettive e possessive al tempo stesso. Qualunque controllo lei avesse creduto di avere svanì al sapore di quel bacio.

Colehaven era calore e passione, libertà e pericolo. Tutto ciò che lei voleva e che non avrebbe mai potuto avere, racchiuso in un pacchetto irresistibile che le sue dita bramavano di aprire. Il duca dava quanto prendeva, colmandola col suo sapore e il suo profumo e il suo tocco, lasciandola senza fiato e bramosa di altro ancora.

Quello non era un bacio. Era una lotta per il predominio. La tentazione ad arrendersi. Una promessa imprudente di piaceri indicibili e un avvertimento: assaporarli avrebbe potuto infrangere il cuore di Diana. E tuttavia, lei non riusciva a resistere al richiamo del desiderio. Il suo corpo barcollò al pensiero di sottomettersi alla bocca di Colehaven, alle sue mani, al suo–

"Diana?" chiamò una voce confusa. "Sei qui dentro?"

Lei e Colehaven volarono via l'una dalle braccia dell'altro, gli occhi spalancati dal panico. Le labbra di Diana vibravano per il sapore dei baci dell'uomo. Le sue gambe tremanti riuscivano a malapena a tenerla in piedi. Il battito martellante del suo cuore le rimbombava ancora nelle orecchie. Ma nulla di tutto ciò aveva importanza. Thaddeus era lì e se li avesse scoperti insieme…

"Nascondetevi," sibilò al duca, appoggiandogli le mani sul petto per spingerlo dietro alla pila di libri più vicina.

Persino quel semplice contatto la fece quasi crollare.

Con un'ultima occhiata penetrante, colma di parole che nessuno dei due poteva pronunciare, Colehaven si mescolò alle ombre.

"Eccoti qua," la rimproverò Thaddeus mentre entrava nel suo campo visivo. "Non mi avevi sentito?"

Diana tirò fuori il diario dalla borsetta e ne mostrò la copertina a suo cugino. "Sai come sono quando sto scrivendo."

"Potresti riempire una biblioteca tua con tutti i diari che tieni," concordò Thaddeus con un sorriso affettuoso. Le offrì il braccio. "Vieni."

"Qualcuno sente la mia mancanza sulla pista da ballo?" scherzò Diana. Era una loro vecchia battuta, ma mentre pronunciava quelle parole, Diana si rese conto che non c'era più umorismo in esse.

Lei non era la cuginetta soprammobile di Thad. Era il suo albatro. La sua croce. Un peso così deludente che lui si era sentito in obbligo di chiamare in aiuto il suo contatto più potente in un tentativo disperato di liberarsi di lei una volta per tutte.

"Non ti costringerò ballare," disse Thad con un piccolo sospiro. "Ho fatto chiamare la carrozza. Possiamo andare a casa."

Casa. Diana aveva sperato che lo sarebbe rimasta per il resto della sua vita. Sapere che suo cugino non condivideva quel pensiero le trafiggeva il cuore con schegge di ghiaccio.

All'arrivo della carrozza, Thad la aiutò a salire senza dire una parola, quindi la raggiunse.

Diana amava suo cugino. Non riuscì più a mantenere il silenzio.

"Mi dispiace di non essere quello che la società si aspetta che io sia," borbottò. "Quello che tu hai bisogno che io sia."

Non si pentiva del percorso che aveva scelto per se stessa o dei cambiamenti positivi che aveva e avrebbe creato per i suoi concittadini. Ma detestava il fatto che ciò avesse rovinato il suo rapporto con l'unico famigliare che aveva.

La fronte aggrottata per la preoccupazione, Thaddeus le prese le mani. "Io non voglio che tu compiaccia *me*. Voglio che tu trovi qualcuno che compiaccia *te*. Te lo meriti. Tutti se lo meritano. Non appena sarai felicemente sposata, io farò lo stesso."

Diana aveva la gola troppo stretta per rispondere. L'augurio di suo cugino le serrava il cuore.

Era molto peggio che essere una delusione. Thad stava tenendo in sospeso la *propria* vita. In quanto tutore legale di Diana, si sentiva in obbligo di vederla sistemata. Rifiutandosi di esserlo, lei gli impediva di trovare l'amore che lui tanto bramava.

Anche se fosse in qualche modo riuscita a convincerlo a non aspettarla, a continuare a cercare fino a quando non avrebbe trovato la compagna perfetta, lei non poteva essere il peso che avrebbe appesantito la loro unione felice. Diana era ormai maggiorenne. Non poteva rimanere per sempre la protetta di suo cugino.

Più prima che poi, avrebbe dovuto andarsene.

CAPITOLO 10

Cole si svegliò col fantasma del sapore della signorina Middleton che ancora gli tormentava le labbra. Si vestì, fece colazione e cercò di concentrarsi sul giornale del mattino. Ma era inutile. Il suo cervello non riusciva a concentrarsi su altro che non fosse il delizioso ricordo del momento rubato la notte prima.

Non avrebbe dovuto baciarla. Se avesse avuto il minimo sospetto che lei lo avrebbe accolto, invece che respinto, quel comportamento tanto imprudente, forse non avrebbe... oh, ma chi voleva prendere in giro? Cole si sfregò una mano sul viso e sospirò.

Se avesse avuto la certezza che la signorina Middleton avesse avuto intenzione di ricambiare il bacio, non avrebbe fatto altro che baciarla prima.

Persino alla dura luce del giorno non riusciva a convincersi a dispiacersi di averlo fatto. Se il cugino di lei non avesse rovinato il momento, Cole sarebbe rimasto felicemente seduto in biblioteca, le braccia attorno alle curve calde della signorina

Middleton e la bocca che si godeva quella di lei. L'ultima cosa che aveva avuto in mente era *fermarsi*.

Non andava bene, naturalmente. I termini della scommessa gli imponevano di accasare la signorina Middleton con qualche altro gentiluomo. Un matrimonio d'amore, aveva audacemente assicurato al tutore legale di lei. Subito dopo aver accettato di non influenzare pubblicamente il risultato simulando interesse nella giovane per manipolare la percezione di altri gentiluomini.

Il bacio non era avvenuto in pubblico.

Né era stato simulato.

Cole non avrebbe permesso a un simile errore di giudizio di ripetersi. Cosa diavolo gli era venuto in mente?

Che la signorina Middleton era bella, insopportabile e intelligente. Che i momenti trascorsi in sua compagnia erano del tutto imprevedibili. Che lui non avrebbe potuto vivere un altro momento senza conoscere il gusto delle labbra di lei.

"Imbecille," borbottò.

Bisognava fare qualcosa. Fece chiamare la carrozza e indirizzò il cocchiere verso il Duca Malandrino. La taverna non avrebbe aperto ancora per qualche ora, ma il tragitto familiare avrebbe potuto aiutare Cole a schiarirsi le idee.

Prima avesse trovato un degno marito per la signorina Middleton, prima avrebbe potuto liquidare la scommessa e dedicare la propria attenzione al Parlamento.

Essere scelto per sostituire lord Fortescue come presidente della commissione richiedeva molto più della fortuna. Cole doveva dimostrare di essere un candidato fattibile. Strategico e astuto, prudente e affidabile. Il genere d'uomo che non si lasciava coinvolgere in imbarazzanti scandali. Come ad esempio rubare baci a una donna che non aveva intenzione di sposare.

Ecco. Questo risolveva la faccenda. Cole non avrebbe iniziato a cercare moglie prima dell'anno seguente, come minimo, il che significava che gli era vietato qualunque comportamento da canaglia con giovani di buona famiglia prima che fosse pronto a sposarne una.

"Il Duca Malandrino," chiamò il suo cocchiere mentre fermava i cavalli. "Dove andiamo, adesso?"

Cole e il cocchiere si scambiarono un sorriso sghembo. Non era certo il primo viaggio che avevano fatto senza avere una destinazione in mente.

"A casa, per favore."

Qualche istante dopo, i cavalli ripresero a muoversi.

Spesso, quando Cole aveva bisogno di riflettere, guardare Londra che gli scorreva accanto era molto meglio che fissare le pareti del suo studio. Soprattutto se stava rimuginando su una qualche faccenda parlamentare. Posare lo sguardo sulle persone a cui stava cercando di rendere un servizio lo manteneva concentrato.

Non c'era mai un motivo di uscire dalla carrozza, perché le decisioni che aveva bisogno di prendere si trovavano nella sua mente. Più spesso che no, tornava a casa nel giro di un'ora, rinfrancato e–

"Fermo!" sbraitò, rischiando di rompersi il naso contro il finestrino della carrozza quando il cocchiere obbedì immediatamente.

Forse il riflesso del sole mattutino sul vetro aveva distorto l'immagine, ma Cole avrebbe potuto giurare che la donna dall'abbigliamento semplice che percorreva non accompagnata un vicolo tra due edifici altri non fosse che la signorina Middleton.

"*Ferma,*" disse di nuovo, ma non sapeva se stesse parlando con la sconcertante signorina Middleton o col suo stesso cuore galoppante.

"Aspetta qui," ordinò al cocchiere, per poi scendere d'un balzo dalla carrozza.

Carrozze, cavalli e carri percorrevano la strada trafficata, bloccando la strada di Cole... e il suo campo visivo. Quando, finalmente, ebbe modo di attraversare la strada per inseguire la signorina Middleton, lei non era più visibile.

Imprecando sottovoce, Cole si affrettò nella direzione in cui l'aveva intravista per l'ultima volta.

Forse era tutto a posto. Forse c'era un motivo perfettamente ragionevole perché una giovane di buona famiglia indossasse un abito di mussola grigia e girovagasse da sola in vicoli vuoti ore prima che le sue controparti aristocratiche aprissero gli occhi.

O forse c'era qualcosa di molto sbagliato e lei aveva bisogno del suo aiuto.

Cole percorse velocemente il vicolo e si fermò quando esso terminò tra due vetrine. Sulla destra c'era un negozio di cappelli. Sulla sinistra, un'osteria.

Cole entrò nel negozio di cappelli. Sebbene non avesse idea di quale impulso avrebbe potuto spingere una giovane donna ad acquistare un cappello nuovo alle otto e mezza di mattina, quella era l'unica spiegazione possibile.

La signorina Middleton non si vedeva da nessuna parte.

Cole tornò in fretta e furia nel vicolo e guardò con occhi stretti la taverna lì accanto. Sebbene non avesse mai frequentato quel locale in particolare, esse era noto per vendere birra al boccale o al gallone e per il cibo economico da accompagnare alle libagioni.

Ma cosa diamine poteva avere a che fare tutto quello con la signorina Middleton?

Forse Cole si era confuso. Forse la donna che aveva visto non era lei, ma una matrona, governante o direttrice scolastica la cui cucina era per qualche motivo inutilizzabile, la qual cosa la costringeva a visitare un luogo del genere per fare colazione.

Cole aprì la porta ed entrò comunque. Per essere sicuro.

Come al negozio di cappelli, anche lì la signorina Middleton non sembrava presente. Anzi, la sala da pranzo era vuota: non c'erano né clienti né dipendenti. Forse Cole si era immaginato l'intera faccenda.

Ma poi udì un'inconfondibile voce femminile proveniente da una stanza sul retro. Il mormorio fu subito seguito dalla voce di baritono di un uomo.

Cole attraversò la sala da pranzo e fece irruzione nella stanza privata prima che il suo cervello avesse anche solo la possibilità di pensare.

A quanto pareva, la voce maschile apparteneva al proprietario della taverna. Quella femminile a nientemeno che la signorina Middleton. Per quanto riguardava quello che i due stavano facendo?

Le loro teste erano chine su un barile di birra. Le braccia robuste del taverniere erano incrociate sul suo petto a barile. In una delle mani sottili della signorina Middleton c'era un boccale di birra.

Due paia di occhi si spalancarono per lo stupore di fronte all'interruzione di Cole.

"Che state facendo qui?" balbettò la signorina Middleton.

"Cosa diavolo state facendo *voi?*" chiese in risposta lui.

"La signora Peabody sta regolando la nostra bilancia," disse il taverniere. "Siete venuto a fare colazione con lei?"

Cole guardò entrambi con la bocca spalancata. "La signora Peabody?"

"Temo di non potermi fermare oggi, signor Smith," disse la signorina Middleton senza batter ciglio. "Ma avete assolutamente ragione. Questo nuovo lotto di birra ha un sapore molto più equilibrato dell'ultimo."

Cole aveva la lingua attorcigliata dalla confusione. "Un sapore… equilibrato?"

"Beh, devo ringraziare voi per questo, signora Peabody," rispose il taverniere, le guance pallide arrossate dal compiacimento. "Avevate ragione riguardo alla proporzione tra luppolo e orzo e al fornitore migliore."

Ogni parola sembrava inclinare ancora di più il mondo.

"Avete migliorato la ricetta della sua birra?"

"E gli ingredienti," disse orgoglioso il taverniere. "Ora produciamo birra con l'orzo migliore disponibile a Londra."

Cole rimase di stucco. "Non sarà quello della fattoria Nicholson?"

Il signor Smith gli sorrise radioso. "Proprio quello."

Cole si voltò sconvolto verso la signorina Middleton. "Ma come potevate sapere–"

La giovane lo prese sottobraccio e si voltò verso la porta. "Credo che siamo a posto. Grazie per l'ospitalità, signor Smith."

"Tornate pure quando volete," chiamò l'uomo mentre loro si allontanavano.

Non appena furono usciti dalla taverna nella relativa luce del vicolo, Cole fece voltare verso di sé la signorina Middleton. "Signora Peabody, eh?"

"A dire il vero, sarebbe Diana," mormorò lei. "Per gli amici."

"Io non sono vostro amico," disse con fermezza Cole. "Sono il vostro chaperon fino a nuovo ordine, perché chiunque *dovrebbe* svolgere tale compito non è all'altezza."

La signorina Middleton sollevò il mento. "Non ho bisogno del vostro aiuto. Anzi, la vostra presenza è di ostacolo."

"Di ostacolo a cosa?"

La giovane sospirò. "Il nostro sistema di pesi e misure non funziona. Centinaia di commercianti disonesti imbrogliano i loro clienti ogni giorno, derubando ignari acquirenti senza essere puniti perché non viene fatto assolutamente nulla per–"

"Non viene fatto nulla?" La nuca di Cole cominciò a scaldarsi. "Io stesso ho sostenuto una riforma che ha portato a leggi migliori appena due anni fa. Non è che Londra abbia una lista di noti truffatori che noi stiamo volutamente ignorando–"

"È *esattamente* così, visto che quella lista l'ho scritta io stessa!" scattò la signorina Middleton. "Stendo un nuovo rapporto tutti i mesi, inclusivo di indici e aggiornamenti sui truffatori menzionati nelle lettere passate. Per quanto riguarda questa faccenda, la sottoscritta è decisamente una figura di autorità e, Atto o non Atto, voi non avete fatto abbastanza!"

"Come potete essere una figura di autorità?" chiese Cole. "Chi è la vera signora Peabody?"

"La signora Peabody è la vice-segretaria oberata di lavoro di un avvocato dalla querela facile," disse a denti stretti la signorina Middleton, "e non esiste. Ma i problemi esistono e lo stesso vale per le soluzioni."

Cole sospirò. "Di nuovo coi metri?"

"Mi accontenterei di un po' di *logica*. Cosa dobbiamo farcene di tre diversi tipi di botti per il vino, due tipologie di barile, un gallone di vino il cui peso deve corrispondere a quello di un gallone da mais riempito di grano... Per non parlare delle ventisette tipologie di *bushel*. Voialtri dovete trovare un sistema che funzioni e *applicarlo*."

"Avete ragione," disse Cole. "*Noialtri*. Questa non è una faccenda che riguardi una signora di buona famiglia con una reputazione da mantenere."

"La mia reputazione è immacolata," gli assicurò lei. "I truffatori tremano al mio arrivo e gli altri lo festeggiano. Conosco tutti i commercianti di Londra. So dove comprare, dove non comprare, di chi fidarmi e chi imbroglierebbe la sua stessa madre. Loro mi amano o mi temono."

"Quella *non* è una buona reputazione," la informò lui. "È il genere di cosa che vi impedirà di trovare–"

La signorina Middleton si portò di scatto le mani chiuse a pugno ai fianchi. "Se dite 'marito', quant'è vero Iddio, sarò costretta a ricorrere alla violenza."

Cole non riusciva a credere che quella donna stesse litigando con lui per una cosa del genere. Un buon matrimonio non era solo il modo migliore per una giovane di assicurarsi il futuro: spesso, era l'*unico* modo. E lui stava cercando di aiutarla!

Fece un passo avanti. "Un buon matrimonio–"

"Bah. Quando capirete che non tutte le donne hanno come unica ambizione quella di fare da serve a un marito? E prima che diciate 'cos'altro vorreste fare?', vi prego di ricordare che una donna su quattro non si sposa mai. Alcune zitelle sono travolte dalla tristezza di fronte a un tale destino terribile? Certo. Altre donne indipendenti si svegliano ogni mattina ringraziando il cielo per un altro giorno di libertà."

"Voi non siete una donna indipendente," le ricordò Cole. "Siete la pupilla di–"

"Ho venticinque anni," disse con fermezza la giovane. "Thad è un cugino gentile e generoso, ma legalmente non è più il mio tutore. Se fossi abbastanza ricca, potrei affittare un appartamento e–"

"*Se*," ripete Cole. "Poiché non potete vivere di rendita, Thaddeus Middleton è di fatto il vostro tutore, indipendentemente da eventuali obblighi legali. Una donna nella vostra posizione può trovare un uomo da sposare o cercare un impiego dignitoso come istitutrice o dama di compagnia. Quello che *non* può fare è–"

"–diventare un promotore di cambiamenti quando si trova di fronte all'iniquità o ad attività criminose?" lo interruppe lei, gli occhi che mandavano lampi. "Avere un impatto positivo sul mondo che la circonda, fuori dalla sua casa? Essere vista, sentita e avere *importanza?*"

"Credete che le madri non abbiano importanza?" ribatté lui. "Che le mogli non abbiano importanza?"

"Avere pane a sufficienza per mangiare ha importanza, eppure voi non siete corso a diventare un panettiere o un raccoglitore di grano." La signorina Middleton sollevò il mento. "Siete più utile alla Camera dei Lord e io sono più utile come agente segreta che agisce nelle strade vendicando la matematica male applicata."

"Come agente... non esiste una cosa del genere!" farfugliò Cole.

"Sono la prima," disse lei, facendo spallucce. "Quando vedo un'ingiustizia, faccio del mio meglio per porvi rimedio. A volte, il problema sono gli acquirenti disinformati, mentre per il resto si tratta di un commerciante disonesto. Non si può saperlo senza indagare personalmente. Ma quando trovo una discrepanza... la correggo."

"Non è la stessa cosa." Cole incrociò le braccia. "Il Parlamento governa con onestà e trasparenza. I membri del pubblico possono assistere alle discussioni importanti dalle gallerie–"

"I membri maschi del pubblico," mormorò la signorina Middleton.

"Senza avere nessuna autorità, voi vi ammantate di menzogne e travestimenti–"

"È l'unico modo in cui posso ottenere qualcosa." La giovane trasse un respiro profondo. "Voi avete il privilegio di *poter* essere voi stesso, di costringere gli altri a prestarvi ascolto, di avere la possibilità di partecipare. Il pubblico può giudicare le vostre opinioni, ma voi non verrete mai espulso o condannato per esse."

Cole fissò costernato quella donna impossibile.

Molte delle sue osservazioni erano fondate. Sebbene lei agisse in un modo completamente antitetico ai principi morali e ai valori di Cole, lui non poteva negare che ella volesse le stesse cose che voleva lui: correttezza. Giustizia. Uguaglianza. Una vita migliore per tutti.

Era facile per lui sostenere quelle cause in qualunque modo volesse, mentre per lei era quasi impossibile.

"Non ho problemi a travestirmi per le mie indagini," mormorò la giovane, "anche se vorrei non essere costretta a indossare, la sera, un costume ugualmente falso per essere ritenuta accettabile dalla società."

Cole fece un passo avanti.

"Non mi aspetto di farvi cambiare idea," si affrettò a dire la signorina Middleton. "Le mie azioni non saranno mai viste come quelle di una giovane 'decorosa', né il mio nome verrà mai pronunciato in Parlamento. Ma io non ho bisogno di queste cose. A cosa serve una reputazione immacolata, se io sono l'unica persona che ne trae utilità?"

"A cosa serve buttare la vostra reputazione al vento se ciò vi impedisce di aiutare chiunque, compresa voi stessa?" ribatté lui. "Cosa credete che accadrebbe se il vostro raggiro venisse scoperto?"

"Non ci sarebbero altre serate," disse la giovane con un sollievo simulato, "ma tra ora e allora–"

"Scoperto da un *negoziante*," la incalzò Cole. "Apparire nelle rubriche scandalistiche sarebbe l'ultimo dei vostri problemi. Voi non siete un'attrice sul palcoscenico. Avete a che fare con persone vere. Ogni volta, vi mettete in pericolo fisicamente, legalmente e–"

"Legalmente?" La giovane lo guardò a bocca aperta. "Sono i venditori disonesti a–"

"Voi non siete un magistrato," le ricordò lui, "un Runner nell'esercizio delle sue funzioni o un membro della Camera."

"State cercando di–"

"Sto cercando di *proteggervi*," esplose Cole. "Non lo capite? Io ammiro i vostri ideali. Ammiro il fatto che voi anteponiate il bene della gente al vostro. Adoro il modo in cui rifiutate la compiacenza in favore delle indagini, dei fatti e del progresso. Ma non posso permettervi–"

"Voi non potete 'permettermi' di fare nulla," esclamò la signorina Middleton, "perché io non sono una vostra proprietà e non lo sarò mai. Non vedete nemmeno la vostra ipocrisia. Gli uomini sono liberi di indossare l'uniforme per rischiare la vita in guerra, ma io non posso indossare un cappello semplice o pesare un *bushel* di mais?"

"Diana–"

"Cosa vorreste che facessi?" La giovane levò le mani al cielo, lo sguardo e il tono di voce cupi. "Che trascorra i prossimi quattro decenni a dipingere insipidi acquerelli e a padroneggiare l'arte dei boccoli perfetti?"

"Io–"

"No," disse seccamente lei. "Non rispondete. Se è quello il modo in cui mi vedete, non voglio saperlo."

La signorina Middleton girò sui tacchi e agitò una mano verso una vettura pubblica in arrivo.

Con un passo, Cole fu al suo fianco. "La mia carrozza è dall'altra parte della strada. Lasciate che vi porti a casa."

"Non potete," disse lei, lanciandogli uno sguardo d'accusa con gli occhi azzurri. "Il duca di Colehaven, da solo con la trasandata signorina Middleton? Cosa penserebbe la gente?"

Ciò detto, la giovane svanì nella vettura e chiuse la portiera.

CAPITOLO 11

Diana non aveva mai avuto meno voglia di partecipare a una serata.

Aveva la schiena premuta contro la parete più lontana dalle danze, ma la sua mente non aveva mai lasciato il duca di Colehaven. Era trascorsa una dozzina di ore dal loro confronto, ma le tremavano ancora le dita al ricordo.

Diana era stata *fortunata* a essere stata sorpresa da Colehaven e non da qualcun altro. Nonostante i loro accesi battibecchi, il duca era forse l'unica persona di tutta l'Inghilterra disposta a mantenere il suo segreto senza prendere provvedimenti contro di lei.

Diana raddrizzò la schiena. Forse la risposta era Thaddeus. Lei detestava il fatto che la propria condizione di nubile stesse impedendo a suo cugino di cercare l'amore per sé. Ma, e se entrambi avessero potuto avere ciò che volevano?

Quando Diana era rimasta orfana, Thad non aveva esitato ad accoglierla in casa propria come suo tutore legale. Inoltre, aveva in custodia la dote che il padre di Diana aveva messo da parte per il futuro marito di lei. Quando Diana era stata presentata in società, Thad aveva rifiutato la sua richiesta di trasferire a lei il denaro. Era suo dovere trovarle marito. La cosa non era in discussione.

Ma da allora era passato del tempo. All'epoca, Diana era stata una debuttante, non una zitella. E se ora fosse stato possibile convincere Thad a intestarle il denaro della dote?

Per gli standard del *ton*, si trattava di una cifra miserevole. Ma Diana non aveva intenzione di vivere nel lusso. Se avesse potuto affittare una stanza modesta, lontana dallo sguardo della società, il suo comportamento non convenzionale non avrebbe portato scandalo al nome o alla reputazione di Thad.

Anzi, sarebbe potuta persino diventare proprio quello che aveva finto di essere: il braccio destro di un avvocato o di un magistrato che cercava di migliorare le leggi dell'Inghilterra e la sua capacità di applicarle.

Sorrise di gioia. In quel caso, non ci sarebbe stato nulla da smascherare. Lei sarebbe stata semplicemente una donna che faceva il suo lavoro. Che migliorava il suo mondo. *Apertamente.* Un entusiasmo incontrollabile la colmò a quell'immagine.

"Il duca di Colehaven," tuonò il maggiordomo dalla sommità delle scale.

Il sorriso di Diana si paralizzò, ma il resto del suo corpo avvampò alla vista.

La sua dannata attrazione nei confronti di Colehaven non era una questione di spalle larghe in una finissima giacca nera, di una chioma scura e giovanile che si arricciava sulla fronte o di quell'andatura magnetica e arrogante.

Era il resto di lui a prenderla all'amo. Frasi come *Mi sto impegnando personalmente per delle riforme* e *Sto cercando di proteggervi*. La taverna che aveva contribuito a fondare per creare un luogo in cui tutti gli uomini potessero essere uguali. E sì, il ricordo ardente di baci indimenticabili coi loro corpi premuti l'uno contro l'altro.

Se Diana fosse stata capace di dipingere, i suoi diari sarebbero stati decorati con illustrazioni affiancate a trascrizioni fedeli delle loro conversazioni più importanti.

Con l'esclusione dei momenti in cui il desiderio fisico aveva sopraffatto il buonsenso, naturalmente. Certi momenti non erano fatti per essere messi per iscritto, ma piuttosto per essere vissuti nell'intimità della sua mente.

Diana si staccò dalla parete e si incamminò verso il tavolo dei rinfreschi. Un bicchiere di ratafià le avrebbe dato qualcosa da fare con le mani, a parte desiderare un'altra occasione di infilarle tra i capelli di Colehaven. Le loro bocche potevano anche essere in guerra, ma il resto dei loro corpi era fin troppo compatibile.

"Mi chiedevo se sareste venuta."

Il brontolio basso e familiare mandò un brivido delizioso sulla pelle di Diana. Lei non ebbe bisogno di voltarsi per sapere chi si era appena messo in coda alle sue spalle.

"Cosa vi ha fatto credere che sarei stata presente a questa serata?" mormorò lei. "Deve esserci una dozzina di feste simili in corso in questo momento."

"Temevo di doverlo scoprire di persona," fu la risposta asciutta. "Questa è la mia settima tappa, questa sera."

A quelle parole, Diana non riuscì a non guardarsi alle spalle.

Il volto cesellato dell'uomo era a meno di un braccio di distanza. Più vicino di quanto lei avesse sperato, ma nemmeno lontanamente vicino quanto aveva desiderato. L'ardore nei suoi occhi nocciola suggeriva che egli condividesse quell'opinione.

"Mi stavate cercando?" balbettò incoerentemente Diana. Ma certo che Colehaven la stava cercando. Perché, altrimenti, avrebbe dovuto fingere di amare il ratafià?

"Non mi piace come ci siamo lasciati." Lo sguardo cupo dell'uomo era fisso nel suo.

Lei deglutì. "Cos'altro c'è da aggiungere?"

"Pensavo di dovervi informare che riconosco la necessità di unità di misura standardizzate. Ventisette tipi di *bushel* sono almeno due dozzine più del necessario, per non parlare della situazione dei galloni."

Lei lo fissò. "Vi siete fatto portare dal vostro cocchiere a sette balli diversi per discutere con me dell'uniformazione dei galloni?"

Il duca si colorì in viso. "Mi dispiace. So che questo non è il genere di argomento–"

"È perfetto," ammise lei, prima che Colehaven potesse finire di scusarsi.

Certe donne potevano desiderare che un cavaliere dal bianco destriero si arrampicasse sui loro balconi e le rapisse per portarle verso il tramonto. Diana aveva semplicemente desiderato essere presa sul serio. Essere vista. Essere sentita.

"Siete stato voi a far approvare l'Atto sui Pesi e le Misure del 1815?" chiese a bassa voce.

"Uno di molti," rispose l'uomo. "Non ero il presidente di quella commissione, ma sono stato io a portare alla loro attenzione le informazioni che avevo raccolto, comprese diverse lettere anonime da parte di membri del pubblico insoddisfatti."

Un sottile filo di orgoglio si insinuò nel cuore di Diana. Colehaven aveva visto le sue parole, udito la sua voce, ascoltato le sue argomentazioni già allora. Erano partner da anni. Semplicemente, non se n'erano ancora resi conto.

"*Un* membro del pubblico," lo corresse con un sorriso titubante. "Almeno per quanto riguarda alcune dozzine di quelle lettere."

"*No.*" Il duca la fissò incredulo.

La nuca di Diana arrossì e lei annuì. "Sì."

Colehaven scoppiò a ridere. "Se solo i Lord lo sapessero…"

Il petto di Diana rimbombava dall'entusiasmo. Colehaven la stava prendendo in giro, ma il piano era proprio quello. La signorina Diana Middleton poteva anche essere priva di potere e di importanza, ma Colehaven era un uomo influente. Non aveva bisogno di nascondersi dietro a lettere anonime. Avrebbe potuto portare le idee di Diana in Parlamento come se fossero state sue.

Un duca che offrisse il sostegno alle idee di una persona comune alla Camera dei Lord sarebbe stata la lode più grande a cui *qualunque* non-nobile potesse aspirare, indipendentemente dal sesso. Una pubblica dimostrazione di fede assoluta.

Colehaven aveva già sostenuto la sua causa in passato. Il trucco sarebbe stato convincerlo a una sorta di associazione permanente.

"Ratafià?" chiese un lacchè. Era il turno di Diana.

Lei annuì. "Sì, grazie."

Il servitore versò col mestolo il vino dolce e speziato e le porse il bicchiere.

"Grazie," mormorò lei; ma l'attenzione del lacchè si era già spostata sull'invitato in coda successivo.

Diana colse l'antifona e svanì nella direzione della carta da parati. Lì, proprio come nella Camera dei Lord, era Colehaven a essere importante, mentre lei non lo era.

Tutto ciò di cui le importava erano le opere buone che avrebbe potuto attuare per i suoi concittadini. Se loro due fossero riusciti a essere amici – se fossero riusciti a essere una *squadra* – non avrebbero dovuto per forza limitarsi a pesi e misure.

Diana sarebbe stata onorata di dedicare il proprio tempo a qualunque legge potesse aver bisogno di documentazione o di una mente analitica per mettere le cose in prospettiva e immaginare soluzioni possibili.

Si era rassegnata da tempo a una vita di duro lavoro senza il minimo riconoscimento. Aiutare un uomo onorevole, leale, cocciuto come Colehaven a ottenere un successo più grande sarebbe stata altrettanto soddisfacente.

Ma naturalmente, lei stava mettendo il cavallo davanti ai buoi. Il solo fatto che il duca avesse prestato orecchio alle sue opinioni in passato non significava che volesse farlo per il resto della propria carriera politica.

Senza guardarla, Colehaven accettò un bicchiere di ratafià e si incamminò nella direzione dei suoi amici importanti e popolari.

Diana non si era aspettata nulla di diverso. Anzi, aveva *sperato* che lui non insistesse a proseguire la loro conversazione una volta al termine della fila per il ratafià. Una dimostrazione tanto pubblica di amicizia avrebbe provocato molte più attenzioni e pettegolezzi di quanto entrambi volessero tollerare.

Tuttavia, una minuscola parte di lei avrebbe voluto che al duca non importasse dei mormorii. Che l'amicizia fosse amicizia, si trattasse di quella tra i due lord che governavano il *Duca Malandrino* e l'intera Inghilterra... o di quella tra il duca di Colehaven e un'orfana insignificante come Diana.

Irritata con se stessa, tranguì metà del suo ratafià in un singolo sorso e si voltò per incamminarsi nuovamente verso le sue solite ombre.

Un frammento di conversazione la fermò.

"Avete visto Colehaven?" mormorò una delle imponenti matrone a un'altra. "Se la mia Agatha riuscisse a convincerlo a firmare di nuovo il suo carnet di ballo, potrebbe avere una possibilità."

"Di nuovo?" le fece eco la sua interlocutrice. "Quand'è che Colehaven ha ballato con Agatha la prima volta?"

"Durante la scorsa Stagione," disse orgogliosa la madre di Agata. "Ha ballato con lei in due diverse occasioni. Agatha ha ancora il carnet con le sue firme appeso alla toilette."

L'interlocutrice scosse tristemente la testa. "È

stato l'anno scorso. Ora ci sono delle nuove debuttanti da affrontare. La piccola Lyndon ha debuttato da due settimane e già parlano di lei come dell'Originale di questa Stagione. È la nipote del conte di Fortescue ed è splendida nell'aspetto e nelle maniere."

"Agatha è il ritratto della buona educazione e della rispettabilità," disse accalorata la madre della giovane in questione.

"Agatha ha le *lentiggini*," mormorò la sua interlocutrice, come se la parola stessa fosse stata contagiosa. "Un duca non è costretto ad accontentarsi di qualcosa di meno della perfezione. Soprattutto non un duca giovane e bello come Colehaven. Se solo la mia Hester fosse un poco più interessante…"

Rispettabilità. Interessante. Perfezione.

Parole che non erano mai state usate per descrivere Diana.

Lei non era imparentata con nessuno che avesse un titolo; non poteva in alcun modo migliorare le conoscenze o lo status di Colehaven. Era vecchia, sboccata, tutt'altro che docile…

Non c'era motivo di sentirsi depressa o ferita, ricordò a se stessa. Non voleva che il duca ballasse il *valzer* con lei. Aveva solo bisogno che le prestasse orecchio. Ogni tanto. In segreto. Il resto non aveva importanza.

Nonostante la sofferenza del suo cuore al pensiero che egli sposasse una ragazzina svampita dalla bellezza pittorica.

Fissò il proprio bicchiere. Per quanto cercasse di negare i propri sentimenti, Colehaven era esattamente il genere d'uomo che lei avrebbe voluto, se avesse potuto permettersi di volere un uomo come lui. Era amichevole, morale, sicuro di sé…

Troppo tardi, si rese conto di essersi diretta non al suo solito trespolo, che era il suo posto, ma più vicino a Colehaven e ai suoi pari.

Uno degli uomini agitò le sopracciglia. "Avete visto l'infornata di quest'anno?"

Diana non aveva bisogno di consultare il suo diario per sapere che costui non stava parlando di biscotti. Ciò che Adolphus Fernsby mancava in conoscenze titolate, compensava col suo civettare svergognato. Il suo nome era su tutti i carnet di ballo… la cui proprietaria possedeva una dote abbastanza grande.

Colehaven scosse la testa. "Troppo giovani."

"Beh, giovani è meglio che stantie," osservò Fernsby. "Se sono ancora sul mercato dopo due o tre anni, deve esserci *qualcosa* che non va. E poi, chi ha bisogno di un erede e relativa riserva necessita di tempo per esercitarsi, nel caso i primi nati siano femmine."

Un marchese famoso per il suo amore per la caccia alla volpe gli rivolse uno sguardo inorridito. "Essere afflitti da una sorella *e* una figlia? La Sorte non può essere tanto crudele."

"Scherzate." Fernsby tirò su col naso con aria contrariata. "Spero che la vostra futura moglie non generi altro che femmine."

Il marchese rabbrividì. "Che maledizione terribile. Siete sicuro di non essere zingaro?"

Fernsby sbuffò e si allontanò a grandi passi.

Da quella angolazione, Diana non poteva vedere l'espressione di Colehaven, ma l'esasperazione del duca era evidente dal suo tono di voce.

"Perché pensa che noi abbiamo bisogno delle sue indicazioni per sapere chi sposare?"

"Come se ci fosse alcun dubbio," concordò sospirando il marchese. "Noi sappiamo che genere di donna è adatta al ruolo di duchessa. Faremo il nostro dovere quando verrà il momento, senza che gli elegantoni del *ton* facciano le mamme chiocce."

"Fernsby non è malaccio, come chioccia," osservò Colehaven. "Credo sia per via dei capelli ritti sulla nuca."

"Quell'acconciatura si chiama 'gufo spaventato', non 'mamma chioccia'," lo rimproverò il marchese. "Cosa che voi sapreste, se deste anche solo un'*occhiata* ai quattrocento figurini che vostra sorella ha ordinato per voi..."

Colehaven gemette. "Non vi ci mettete anche voi. Pensavo che essere duca mi dispensasse dall'obbligo di essere elegante. Le giovani non dovrebbero essere più interessate al mio titolo che al modo in cui mi lego il fazzoletto?"

"Ah, è un fazzoletto quello?" chiese educatamente il marchese. "Pensavo che vi foste dimenticato il tovagliolo con cui avete fatto colazione questa mattina."

"Spero che a *voi* tocchino in sorte solo femmine," lo informò Colehaven. "Tutte maschiacci, dalla prima all'ultima."

Diana fissò lo sguardo nel bicchiere semivuoto. Quei due avevano ragione. Non c'era bisogno che Adolphus Fernsby o chiunque altro ricordasse loro che genere di donna fosse adatta al ruolo di duchessa. Avrebbe dovuto farsi forza in vista del giorno inevitabile in cui Colehaven avrebbe sposato la ragazza 'giusta'.

La cosa peggiore era che Diana aveva bisogno che lui seguisse la strada prescritta. Perché Colehaven potesse fare opere buone, doveva mantenere il rispetto dei suoi pari. Le sue capacità decisionali non potevano essere messe in discussione. Una moglie dalle peculiarità inaspettate avrebbe attirato un'attenzione non necessaria e lo avrebbe distratto dei suoi veri obiettivi.

"A proposito di matrimonio," disse il marchese, "ho notato che la pupilla di Thad è ancora nubile."

Al sicuro contro la parete, Diana si avvicinò quanto bastava per vedere l'espressione di Colehaven.

"Ci sto lavorando," assicurò il duca al suo amico. "Trovare l'uomo giusto richiede tempo."

"Voi non avete trovato nemmeno quello sbagliato," osservò il marchese. "Non l'ho vista in compagnia di nessuno che non foste voi."

Lo sguardo di Colehaven si fece penetrante. "Quand'è che l'avete vista in mia compagnia?"

"Quando avete fatto la fila per quel bicchiere di ratafià che non avete nemmeno toccato." Il marchese inclinò la testa. "Non è da voi impiegare tanto tempo per vincere una scommessa. Non sarà che non le avete ancora trovato marito perché..."

"*No*," interruppe con fermezza Colehaven. "Ho sempre saputo di che genere di moglie ho bisogno e lei non è di sicuro–"

Il duca incrociò lo sguardo di Diana.

Lei era appoggiata a una parete, quasi fuori vista, ma in qualche modo lui aveva percepito la sua presenza.

Troppo tardi.

Diana girò sui tacchi e si allontanò prima che

lui potesse chiamarla e implorare la possibilità di spiegare le proprie parole.

Non c'era nulla da spiegare. Colehaven aveva ragione.

Tutte le persone presenti in quella sala da ballo sapevano quali giovani donne potevano aspirare a un marito titolato. Il nome di Diana non era nell'elenco.

In particolare, Colehaven era a conoscenza delle sue numerose mancanze a tal proposito. Il suo era un atteggiamento pratico. La praticità era un tratto che lei ammirava. Non c'era alcun motivo dietro alle lacrime che le erano spuntate negli occhi o alla gola serrata e secca. Lei aveva *sempre* saputo di non essere adatta.

Semplicemente, non era stata pronta a sentirglielo dire ad alta voce.

Diana porse il ratafià che non aveva finito a un domestico mentre usciva dalla sala da ballo. Imboccò il primo corridoio e aprì la portafinestra che conduceva al giardino chiuso.

L'improvvisa ventata di aria fredda sulla pelle fu la benvenuta. Il cielo era limpido e pieno di stelle, e il freddo improvviso impedì alla sua mente di tornare alla sala da ballo. Più in là c'era un altro invitato che preferiva la solitudine alla bisboccia.

No, non un invitato qualsiasi. Quello era—

"State cercando di farvi venire un accidente?" chiese il duca di Colehaven, spalancando gli occhi quando la vide. Le circondò il gomito con una mano calda e la trascinò dietro una siepe ben curata.

"Non fa così freddo," protestò lei. "Ci sono altre persone in giardino."

"Le altre persone hanno dei cappotti." Colehaven le sfregò le braccia nude con le mani. "E in questo giardino non c'è nessuno. Torniamo nella sala da ballo."

"In modo che voi possiate vincere una scommessa?"

Colehaven chiuse gli occhi. "Quello che volevo..."

"Come vi ho già detto, voi non avete alcun controllo su di me." Diana sollevò il mento. "E nessun altro uomo lo avrà mai. A me *piace* essere zitella."

"A nessuna donna piace essere zitella."

"A quelle corrotte, sì," ribatté subito lei. "Loro si godono la libertà e molte altre cose."

Anzi, tutte le volte che lei lo vedeva, non riusciva a non rimpiangere di avere una reputazione da proteggere. Se fosse stata libera di farlo, lo avrebbe baciato a ogni possibile occasione. E se non avesse avuto motivo di preoccuparsi di tenere un comportamento irreprensibile... non si sarebbe fatta problemi a tenerne uno molto, molto reprensibile.

Colehaven le coprì la bocca con la mano. "Non fatevi sentire da nessuno a parlare in quel modo."

In che modo? Erano soli in giardino. Qualche momento rubato non era la stessa cosa di una vita di libertà, ma anche uno solo di essi non andava sprecato. Diana premette la punta della lingua contro il palmo dell'uomo.

Colehaven lasciò ricadere subito la mano, gli occhi colmi di ammonizione. "Diana–"

"Se non ho intenzione di conservare la mia virtù," disse con dolcezza lei, "posso spenderla come preferisco. Magari la scommetterò."

Lui le afferrò le braccia. "Se oserete–"

"Siete uno scommettitore?" chiese lei, sbattendo le ciglia degli occhi spalancati. Il solo fatto che non potesse averlo per sempre non significava che dovessero per forza separarsi. Non ancora. "Scommetto che non siete in grado di chiudere quella bella bocca per cinque minuti e di mostrarvi immune al fascino di una zitella corrotta."

"Accetto la scommessa," disse di scatto Colehaven. "Non che ce ne sia bisogno. Voi e io non–"

"Silenzio." Diana gli appoggiò un dito alle labbra e sorrise. "E giù le mani. Voi, intendo. Io posso fare quello che voglio per cinque minuti. D'accordo?"

Gli occhi del duca brillarono come pugnali, ma le sue spalle si strinsero laconicamente, come per sfidarla a fare del suo peggio.

Diana aveva intenzione di farlo. Colehaven amava fingere di non essere governato dalle proprie emozioni, dai propri desideri. Lei aveva cinque minuti per dimostrare il contrario. Dubitava di aver bisogno di tutti e cinque, ma aveva intenzione di goderseli fino in fondo. Il suo sorriso si allargò.

Lasciò cadere il dito dalle labbra dell'uomo. Se anche il vento era ancora freddo, lei non lo sentiva per nulla.

Il suo cuore batteva all'impazzata per l'attesa. Si alzò in punta di piedi, fino a quando la sua bocca non sfiorò il punto sul labbro dell'uomo che il suo dito aveva toccato.

"Sono abbastanza vicina da baciarvi," mormorò.

Ogni sillaba avvicinava o allontanava la bocca di Diana da quella di Colehaven, come se ogni parola fosse stata un bacio, ogni frase una promessa sensuale.

Proprio quando le labbra dell'uomo si schiusero, lei abbassò i piedi, infrangendo quel delizioso contatto. Magari lo avrebbe baciato, magari no. Quella era la sua scommessa, non quella di Colehaven.

Appoggiò le punte delle dita al centro del petto dell'uomo, appena sotto al suo fazzoletto.

Colehaven indossava troppi strati di vestiario perché lei avvertisse il battito del suo cuore, ma il suo calore era quasi ustionante.

Trascinando delicatamente le punte delle dita contro di lui, cominciò a girargli attorno ancheggiando, come se stesse esaminando un destriero di qualità da Tattersall's.

Non che le fosse mai stata da Tattersall's. Tattersall's era per gli uomini, proprio come tutto il resto. Tutto, tranne quel momento, quella scommessa, quei cinque gustosi minuti in cui era *lei* ad avere il potere.

I muscoli del braccio di Colehaven guizzarono al suo tocco, come se costringersi a rimanere immobile lo avesse fortemente teso.

Mentre girava attorno alle spalle dell'uomo, Diana si concesse il lusso di rallentare ancora di più, trascinando le dita un centimetro dopo l'altro lungo le sue ampie spalle.

"Non ho freddo, ora," mormorò contro la nuca dell'uomo, dove i suoi capelli scuri si arricciavano sullo sfondo del fazzoletto niveo. "Sto immaginando come sarebbe toccare la vostra pelle nuda."

Il duca inalò sonoramente una minuscola boccata d'aria.

Diana gli passò un dito lungo la spina dorsale. Aveva scelto con cura le parole di quell'affermazione provocante in modo che non fosse chiaro se lei non avesse mai toccato un uomo o se rimpiangesse di non poterlo aggiungere alla sua lista. Che Colehaven cuocesse nel suo brodo per il resto della sua vita, dopo che avrebbe sposato la signorina Perfetta.

Proprio mentre il dito di Diana scivolava sotto la vita dell'uomo, lei cambiò direzione e proseguì nel suo lento cerchio attorno all'altro fianco di lui, fino a quando il suo dito non agganciò il bottone dei pantaloni.

I muscoli di Colehaven si contrassero visibilmente. Da quella angolazione, egli poteva vederla e i suoi occhi la sfidarono a proseguire con quel gioco pericoloso.

Diana passò attorno al bottone con la punta del dito. L'angolazione della patta cambiò. Colehaven poteva anche cercare di stare il più fermo possibile, ma era impossibile nascondere la sua eccitazione.

"Voglio toccarlo," mormorò lei.

Un piccolo gemito sfuggì alla gola dell'uomo.

"Ma non lo farò," proseguì Diana. "Se ci toccheremo, ci toccheremo a vicenda. Saremo eguali o non saremo nulla."

L'uomo inclinò l'inguine verso il palmo della sua mano, come per chiedere *Questo vi sembra nulla?*

"Qualunque libertà di cui voi pensiate di godere in quanto gentiluomo celibe, *io* ne godo in quanto donna libera. Ciò che faccio col mio tempo e il mio corpo è affar mio." Diana passò le unghie sul petto dell'uomo e portò le labbra schiuse vicino alle sue. "Lo condividerò quando e come riterrò opportuno."

Il calore dello sguardo di Colehaven la sciolse completamente.

Diana gli sfiorò la bocca con la sua. "I cinque minuti sono finiti."

"Grazie a Dio," ringhiò lui, per poi sbatterla contro l'albero più vicino.

Prima che lei potesse anche solo gemere, le mani di Colehaven erano nei suoi capelli e la bocca di lui schiacciata contro la sua.

Quello non era un tiepido bacio timido tra due sconosciuti. Era una rivendicazione, cruda e possessiva. Un'esigenza di sottomissione.

Diana non avrebbe ceduto. Annodò le dita tra i capelli di Colehaven e ricambiò il suo bacio, passione per passione. Ogni leccata, ogni piccolo morso, ogni sapore era una danza di fuoco, marcando il territorio e perdendo terreno mentre ogni fase della colluttazione amorosa li portava sempre più vicini al precipizio della resa.

"Non sono vostra," ansimò lei tra un bacio e l'altro.

Colehaven allargò le dita contro le sue costole, sfregandole indecentemente i pollici contro la parte inferiore dei seni. "Ora sì che lo siete."

"Attenzione," mormorò Diana, abbassando pericolosamente uno dei palmi verso la patta tesa dei pantaloni dell'uomo. "Se io sono vostra, questo significa che voi siete mio."

"Allora prendete ciò che volete," ringhiò Colehaven. "Io farò lo stesso."

Le dita dell'uomo le strinsero i seni mentre lui le copriva la bocca con la propria.

Il piacere l'attraversò mentre Colehaven le stuzzicava con perizia i capezzoli. Piacere e una pressione squisita e tormentosa si accumularono in mezzo alle gambe di Diana.

Ebbra di piacere, lei allungò una mano verso la patta dei pantaloni dell'uomo e si entusiasmò nell'avvertire il suo calore duro pulsare contro le dita. Cosa sarebbe accaduto se–

La musica si riversò nel giardino.

"Siete *pazzo?*" gongolò una voce femminile. "Si gela, qui fuori. Torniamo nella sala da ballo."

Diana e Colehaven staccarono bruscamente le mani l'una dal corpo dell'altro.

"Voi mi avete ammaliato," mormorò lui.

"Voi mi istupidite," ribatté lei.

"Eguali," borbottò il duca, circondandola poi con le braccia per stringersela al petto.

Il suo cuore batteva velocemente quanto quello di Diana.

Un attimo dopo, Colehaven curvò le mani attorno alle braccia di lei e la liberò gentilmente.

"*Andate,*" le ordinò. "Finché sono ancora in grado di ragionare."

Lei si acciglò. "Cosa state–"

"Ho bisogno di restare ancora un minuto qui al freddo, o forse dodici," disse sarcastico l'uomo. "*Voi* avete un tutore che, in questo momento, è possibile stia rivoltando la casa da cima a fondo per cercarvi."

"Accidenti." All'improvviso, il freddo tornò infiltrarsi nelle ossa di Diana. "Avete ragione."

Dopo essersi data un'ultima occhiata alle spalle, Diana corse in casa prima che qualcun altro potesse vederli.

La scommessa le era parsa un'ottima idea. Un'occasione per dimostrare a Colehaven che egli non era né perfetto né indifferente come credeva di essere. E, a voler essere onesta, era stata anche un'occasione per aggirare l'ipocrisia che permetteva agli uomini di essere libertini, mentre le zitelle dovevano rimanere modeste e asessuate.

Ma non era sicura che uno di loro due avesse vinto la sfida, dopotutto. Invece che spegnere le scintille che c'erano tra di loro, la notte aveva quasi preso fuoco. La prossima volta…

Diana scosse la testa. Non ci sarebbe stata una prossima volta. Avevano entrambi imparato la lezione. Avrebbero tenuto le mani a posto, da quel momento in poi.

Probabilmente.

CAPITOLO 12

Quando Cole aveva negato di provare interesse nelle donne come Diana, le parole gli erano uscite di bocca automaticamente, perché erano sempre state vere. Lui sapeva che genere di duchessa ci si aspettava da lui. Dopo aver trascorso tanti anni a cercare di dimostrare il proprio valore, non si sarebbe accontentato di una moglie meno che perfetta.

Che Diana lo avesse sentito... Beh, non era l'ideale, ma lui non aveva mentito. E Diana non si era certo aspettata nulla di meno.

Ma quando lo sguardo di Cole aveva incrociato quello della giovane, era stata la sua stessa lingua a dargli una strana sensazione nel formare le parole. Come se esse non fossero più state vere e la persona con la quale egli era più disonesto fosse stata lui stesso.

Forse era quella la ragione per cui aveva appena ordinato al suo cocchiere di prendere la strada per la casa di città dei Middleton. Dopo una breve deviazione, per preparare un piccolo dono.

Cole percorse il viale d'ingresso e bussò vigorosamente col battente.

Non stava pensando al *matrimonio*, naturalmente. Ma nemmeno stava *non* pensando a esso. Dopo la sera prima… Aveva sentito i capezzoli di Diana tra le dita, perdio.

Il suo corpo si induriva ogni volta che il ricordo gli lampeggiava davanti agli occhi, come aveva fatto approssimativamente ogni cinque minuti da quando era fuggito dal giardino.

Cinque minuti. Non sarebbe mai più riuscito a udire quelle parole senza rivivere l'esperienza di Diana Middleton che faceva scivolare le dita contro il suo–

"Vostra Grazia," disse il maggiordomo. "È un piacere vedervi. Temo che padron Middleton sia ancora a letto."

"Sono qui per l'altra," disse Cole. La donna che sospettava fosse il vero padrone di casa.

Aveva creduto di aver iniziato una partita a scacchi, solo per poi scoprire che lei aveva cominciato a giocare anni prima e che era sempre stata avanti di diverse mosse.

"L'Atto del 1815," borbottò sottovoce Cole. "Quella volpe."

Il maggiordomo spalancò gli occhi. "Chiedo scusa, Vostra Grazia?"

Cole affettò un sorriso placido. "Vorrei vedere la signorina Middleton, per favore."

"Molto bene." Il maggiordomo gli fece segno di accomodarsi nel salotto formale. "Vado a controllare se la signorina riceve visite."

Cole prese posto sul divano, quindi balzò in piedi e si affrettò a raggiungere una poltrona a vela. Quando si trattava della signorina Middleton, non si fidava nemmeno ad avvicinarsi a un divano. Anche se lei fosse entrata nella stanza vestita con cuffietta e grembiule.

La giovane entrò con addosso un abito rosa crepuscolare rivestito di mussolina a strisce bianche; i suoi capelli biondi erano fermati in morbidi anelli dorati. Non era mai stata così bella.

E la sua domestica… non si vedeva da nessuna parte.

"Dov'è il vostro chaperon?" volle sapere Cole.

La fanciulla sbatté le ciglia con aria innocente. "Ne abbiamo bisogno?"

"Abbiamo bisogno di sette o otto chaperon," disse lui. "A questo punto, anche dei ceppi di ferro non sarebbero male."

Gli angoli della bocca della signorina Middleton ebbero un guizzo. "Dovremo accontentarci di Betty."

La giovane tirò un cordone, quindi si appollaiò sul bordo di una stretta poltrona di fronte a quella di Cole; anche lei evitò il divano. "Spero che non siate venuto a scusarvi per ieri sera. A me è piaciuto molto."

"Mi piacerebbe rifarlo," disse onestamente lui. "Ma è un'idea terribile. E probabilmente lo è anche questo." E le porse il pacchetto.

"Ah." La giovane donna posò il pesante cilindro tra le gambe. "Che cos'è?"

"Un quarto di gallone di una raffinata libagione," disse Cole senza batter ciglio. "Utilizzando la stessa metodologia, per la misurazione dei liquidi, del mezzo *peck* per i solidi."

"Monello," lo rimproverò lei. "Ora sono più interessata a pesarlo che a scartarlo."

Una cameriera apparve sulla soglia.

"Grazie a Dio." Cole fece segno alla domestica di avvicinarsi. "Dovete farci da chaperon."

Diana sollevò un dito per fermare la cameriera. "Ma prima, Betty, portami il mio cesto con le bilance."

"C-cosa?" balbettò Cole; ma la ragazza si era già allontanata.

Diana gli sorrise calorosamente. "Tornerà, non preoccupatevi. E poi, non riesco mai ad aspettare quando si tratta di aprire un regalo."

Diana sciolse lo spago ed estrasse il contenuto del pacchetto dalla carta marrone. I suoi occhi allegri incrociarono lo sguardo di Cole. "Un barile di birra in miniatura?"

Cole attaccò la spina. "Un barile pieno di–"

"Shh," lo rimproverò lei. "Rovinerete la sorpresa."

Mentre allungava una mano verso un cordone, un lacchè arrivò con un piccolo vassoio del tè.

"Sei un principe tra gli uomini," disse Diana al domestico, per poi ignorare la teiera e versare la birra in due delle tazzine.

Cole si schiarì la voce. "Ho numerosi boccali personalizzati nella carrozza."

Lei mise una tazzina schiumosa e una tortina su un piatto e li porse a Cole.

Lui accettò l'offerta.

"Se questo è un modo per dissuadermi dall'approfittare di bei duchi in giardini vuoti, ve la state cavando malissimo," lo mise in guardia.

"Forse è per dissuadervi dagli *altri* duchi," suggerì lui. "Qualcuno di quegli imbecilli vi ha mai portato della birra preparata da lui stesso?"

"È la *vostra* birra?" esclamò gioiosamente la signorina Middleton. "Fresca dal *Duca Malandrino*?"

"Scandalosamente tale," le assicurò lui. "Sentitevi libera di commentare la palese superiorità dell'equilibrio dei sapori rispetto alla robaccia che servono in tutte le altre taverne."

La signorina Middleton avvicinò la testa alla tazzina e inalò a fondo. "Spero che lo staff della vostra cucina abbia seguito il mio suggerimento per quanto riguarda l'orzo."

"Avete parlato col mio staff? Un momento… siete stata nella mia taverna?" Cole la fissò incredulo. "Avete già provato la mia nuova birra?"

"È un ottimo dono," gli assicurò lei. "È la birra è eccezionale. Non ho ancora avuto il piacere e sono davvero entusiasta all'idea di correggere questa mancanza."

"Ottimo," disse Cole. "È la cucchiaiata di zucchero che addolcisce ciò che sono venuto a dire."

La signorina Middleton aggiunse un altro po' di birra alla tazzina. "Vi ascolto. Ve lo prometto."

"Non mi pento di quanto è accaduto ieri sera," esordì Cole.

"Grazie al cielo." La giovane sollevò lo sguardo. "Non mi piacerebbe sprecare della birra così buona buttandovela in faccia."

"*Ma*," incalzò lui, "credo che l'onestà sia l'unico modo per rapportarsi agli altri, per cui devo essere chiaro sulle mie intenzioni."

"Non ne avete. E nemmeno io." La signorina Middleton bevve un sorso di birra. "Pensavo che lo avessimo chiarito ieri sera."

"Quello prima che voi metteste una mano sul mio–"

"Le vostre bilance, signora," annunciò la cameriera priva di fiato.

"Grazie, Betty." Diana inarcò un sopracciglio all'indirizzo di Cole. "È meglio che ci faccia da chaperon durante questa conversazione, o dovrei mandarla a riposare nella stanza accanto?"

"Riposatevi e prendete questo scellino." Cole gettò una moneta alla cameriera. "Qualunque cifra vi paghino, non è abbastanza."

La domestica riverì e si infilò la moneta in una tasca nascosta.

"Correte qui se dal salotto dovesse provenire un silenzio sospetto," la ammonì Cole.

"O anche no," suggerì Diana mentre lanciava la ragazza una moneta di pari valore. "Magari dormirai così profondamente che, quando mio cugino si sveglierà, tu ti sarai completamente dimenticata di questa visita."

La domestica si voltò di nuovo verso Cole con un'espressione di aspettativa.

Lui impiegò solo un istante a rendersi conto di cosa stesse attendendo.

"Ma cosa…" Lanciò un'occhiata incredula in direzione di Diana. "È questo che voi e Thaddeus fate tutto il giorno? Corrompete a turno i vostri stessi servitori?"

La giovane non sollevò lo sguardo dalla tazzina piena di birra. "Hmm?"

Cole lanciò alla cameriera una mezza corona. "*Sorvegliateci.* Io sono una canaglia senza coscienza. Potrebbe succedere di tutto."

"È duca," disse Diana alla sua domestica, muovendo solo le labbra.

La ragazza fece un'espressione insopportabilmente solidale, quindi li abbandonò a loro stessi.

"Notevole," disse Cole. "Vi ho portato la birra perché entrare nella mia taverna rovinerebbe la vostra reputazione, ma comincio a temere l'effetto che trascorrere un'ora in questo salotto avrà sulla mia."

"Acqua in bocca," gli ricordò lei. "Sarà come se non fosse successo nulla. Ora toglietevi i vestiti."

Una risata sconcertata esplose dalla gola di Cole. Lui tese le mani. "Datemi quel barilotto. Due once di birra sono chiaramente più di quanto voi possiate reggere."

"Un dono è un dono," disse la giovane, agitando un dito con aria di rimprovero. "Qual è il vero motivo della vostra presenza qui?"

Il fatto che Cole avrebbe voluto che ci fosse *davvero* un modo.

La signorina Middleton gli piaceva e lui avrebbe voluto piacere a lei. La giovane gettava una luce nuova su cose che lui credeva di conoscere approfonditamente. Lui la desiderava e sapeva bene che lei lo desiderava di rimando.

E tuttavia, non sapeva come far diventare tutto questo qualcosa di più. Qualcosa a cui *lei* avrebbe acconsentito.

"È vero che una donna su quattro non si sposa mai?" chiese.

A quelle parole, la giovane sollevò stupita lo sguardo dalla birra. "Non citerei un dato se non fossi sicura."

"Appunto," disse Cole. "È per questo che sono

qui. *Vi credo.* Avete ottenuto i dati da qualche parte–"

"Da diverse parti," gli assicurò lei. "Ho almeno una dozzina di diari dedicati alla composizione della cangiante popolazione inglese, con le fonti appuntate con precisione sotto ogni voce."

Cole si rese conto che se l'era aspettato. Probabilmente, Diana aveva un diario dedicato ai duchi prepotenti che davano consigli non richiesti e rubavano ripetutamente baci. Decise di non indagare.

"La maggior parte delle ragazze colleziona figurini di Ackermann," la prese in giro, usando un tono di voce il più gretto possibile per suggerire un profondo disappunto davanti a quel difetto.

"Come molte donne," ribatté lei, "possiedo una collezione completa tanto di Ackermann quanto di *Costumes Parisien.* Sempre di documentazione si tratta."

Cole rimase di stucco. "Allora perché siete sempre..."

"Vergognosamente trasandata?" chiese lei con un sorrisetto. "Siete molto gentile a osservarlo."

"Sono irresistibilmente attratto dalle donne vergognosamente trasandate," le ricordò Cole. "Forse vi ricorderete di un certo momento, ieri sera, in cui le mie dita–"

"Tutta una finta," lo interruppe lei mentre le sue guance arrossivano in maniera molto attraente. "Le mie libertà aumentano esponenzialmente quando sono quasi invisibile all'occhio nudo."

Cole aveva il sospetto che la giovane avesse usato la parola *nudo* per fargli abbandonare il discorso, ma le sue parole avevano generato in lui il barlume di un'idea.

Ovviamente, non poteva corteggiare Diana com'era *ora*. Nel momento in cui la doppia vita della giovane fosse stata rivelata, lo scandalo l'avrebbe rovinata e avrebbe distrutto la reputazione che Cole stava cercando di costruirsi in Parlamento. Ma convincerla a smettere di condurre quelle indagini in incognito avrebbe richiesto del tempo.

In superficie, d'altro canto... Se Diana sapeva di moda la metà di quanto sapeva di pesi e misure, avrebbe potuto imparare a *interpretare* il ruolo di una duchessa nel giro di un singolo pomeriggio.

O di una singola mattinata. Cole lanciò un'occhiata all'orologio sulla mensola. Erano le nove e mezza. Davvero aveva portato della birra a casa di una giovane donna alle nove e mezza di mattina?

"A che ora si sveglia Thaddeus?" chiese invece.

"Occasionalmente, a mezzogiorno." La giovane inclinò la testa. "Più spesso, verso l'una. Perché?"

Cole si alzò in piedi. "Fatevi portare il cappotto. Andiamo a fare acquisti."

Era il momento perfetto per farlo. Come Thaddeus, la maggior parte del *ton* era ancora addormentata. Sarebbero potuti andare e tornare dal commerciante di tessuti senza che nessuno se ne accorgesse.

Ciononostante, Cole andò a prendere la cameriera dal salotto adiacente. *Probabilmente* non avrebbe tempestato di baci Diana Middleton nel bel mezzo di un negozio di stoffe, ma uno chaperon non era mai una cattiva idea.

"Da Broomall's, in Bond Street," ordinò al suo cocchiere.

Avrebbe *potuto* lasciare che le donne avessero il sedile rivolto nel senso di marcia, ma dato che nessuno poteva vedere l'interno della carrozza – e che, questa volta, erano accompagnati come si conveniva – sedere fianco a fianco per meno di un chilometro non avrebbe piegato molte regole.

"Pensavo che odiaste fare acquisti," disse Diana una volta che la carrozza ebbe cominciato a muoversi.

Cole rimase di stucco. "È vero. Lo detesto."

Ma la situazione era diversa. Non lo stava facendo per *sé* o almeno, solo indirettamente. L'unico modo in cui sarebbe potuta rimanere una persona rispettabile e continuare a frequentare Diana sarebbe stato renderla ugualmente rispettabile. Almeno in apparenza. Non affrontava l'idea di quell'uscita con terrore, ma piuttosto con entusiasmo.

Che aspetto avrebbe avuto Diana vestita all'ultima moda? Ma no, cosa importava la moda; che aspetto avrebbe avuto con dei bei colori addosso, invece che un cupo grigio o tessuti spenti che si fondevano con la carta da parati?

Cole si rese conto solo in quel momento che Diana doveva avere un intero diario dedicato alla tappezzeria che ricopriva i muri dei membri del *ton*, in modo da potersi mimetizzare con lo sfondo ovunque andasse.

"Di che colore sono le pareti del salotto dei Riddings?" chiese.

"Damasco grigio-blu abbinato a pannelli di quercia nel salotto principale, carta da parati verde pallido damascata di verde oliva in quello secondario." La giovane si acciglio. "Stiamo andando a comprare della carta da parati?"

"Mai piu," le assicuro lui mentre la carrozza si fermava.

Il cocchiere spalanco la portiera e aiuto le donne a scendere dalla carrozza.

Cole le segui saltellando.

Non se ne intendeva molto di tessuti e orpelli, ma sua sorella non smetteva mai di parlare di Broomall's, per cui lui immaginava che quello fosse un buon posto per cominciare. File infinite di tessuti arrotolati colmavano l'interno labirintico.

Un commesso dagli occhi illuminati corse a salutarli.

Allarmato, Cole avvicino la testa all'orecchio di Diana. "Non siete passata di qui vestita da misuratrice, vero?"

"Questo negozio non vende beni di consumo," mormoro di rimando lei. "Al momento, mi concentro sulle merci vendute a peso."

Erano al sicuro. Sollevato, Cole porse un biglietto al commesso. "Prenderemo qualunque cosa voglia la signora."

Il commesso si premette il biglietto al petto. "*Qualunque cosa* voglia la signora?"

"Qualunque?" gli fece eco Diana, lo sguardo sospettosamente allegro.

"Purché non sia grigia o confondibile con la carta da parati," si affretto a correggere Cole. "Qualunque cosa di bello ed elegante voglia la signora. E anche quello che non vuole. Non ci sono limiti. Basta che..." Agito le mani in direzione delle file di tessuti. "... facciate un po' di magia."

Il commesso annuì saggiamente. "Tutta la magia elegante che vuole la signora."

"In tal caso..." Diana si mise accanto al commesso e puntò il dito di una mano guantata verso il tronco di Cole. "Non credete che ci voglia qualcosa per sostituire quel gilet? E quella giacca! Guardate la curva delle code e la lunghezza delle maniche. L'intero completo sembra uscito dal 1812."

"Il 1812 è stato un buon anno," protestò Cole. "Abbiamo approvato l'Atto per il Diritto alla Proprietà Azionaria degli Attori Minorenni, celebrato il quinto anniversario del Duca Malandrino... e comunque, non siamo qui per *me*."

"Ah no?" chiese Diana, sbattendo le ciglia degli occhi azzurri con innocenza simulata. "Avete detto 'qualunque cosa voglia la signora' e quello che voglio è che voi siate senza ombra di dubbio il duca meglio vestito che Londra abbia mai visto."

Cole scosse la testa. "Basta coi vostri soliti scherzi, Diana. Sapete benissimo cosa intendevo."

"È irrilevante." La giovane gli diede un colpetto sul braccio, come per consolarlo. "In quanto legislatore, saprete certo che ciò che si *dice* è più importante di ciò che si *vuole dire*. Obbedirò alla lettera della legge e spenderò il vostro denaro esattamente come desidero, come da voi richiesto. Se vi siete pentito dell'ordine, magari ci ripenserete la prossima volta che il Parlamento discuterà della chiarificazione e della semplificazione dei–"

"Sì, sì," la assicurò lui. "Dei pesi e delle misure. Quando torneremo a casa vostra, prestatemi i vostri diari sull'argomento e io li leggerò. Nel frattempo, non lasceremo questo negozio prima che voi abbiate selezionato stoffe sufficienti a far realizzare un abito da mattina e un abito da sera per ogni singolo giorno della Stagione."

Il commesso parve sul punto di svenire.

"Il mio abbigliamento insignificante è una mia scelta," gli ricordò Diana. "Ho problemi più importanti che essere scelta come compagna di ballo. Non sono una di quelle ragazzine volubili che non hanno nulla tra le orecchie, se non rose ricamate e pizzo."

"Il pizzo, di per sé, non è segno di superficialità," osservò lui. "Dei bei vestiti non vi impediranno di essere la donna più intelligente della stanza."

La vulnerabilità ammorbidì il viso di Diana. "Voi credete che io sia la donna più intelligente della stanza?"

"Spesso, siete la *persona* più intelligente della stanza." Cole le permise di vedere l'onestà nel suo sguardo. "Se credete che un abbigliamento elegante renda gli altri ciechi a quella verità, allora le piume di struzzo e le perle di mare non sono un travestimento meno efficace della mussola color fango."

Gli occhi stretti dalla riflessione, Diana si portò un dito al mento, come se stesse osservando una scacchiera in cerca del modo migliore per evitare lo scacco matto.

"D'accordo," disse, come se quella visita al negozio fosse stata una sua idea. "Purché, per ogni abito che sceglierò per me stessa, noi ordiniamo anche qualcosa per voi."

Un gruppo di donne coperte di nastri da sarta e armate di spille e forbici si materializzò dal nulla.

Cole fece un passo indietro. "Un gentiluomo non ha bisogno di un completo nuovo due volte al giorno per tutta la Stagione. La pelle di daino è stata scelta per la sua durevolezza proprio perché i pantaloni di quel materiale vengano riutilizzati molte volte. I pettegoli non mormorano se un uomo indossa lo stesso fazzoletto due volte nel corso di una settimana."

Diana incrociò le braccia sotto il seno e aspettò.

"Per amor di..." Cole si passò una mano tra i capelli. "Siete proprio come mia sorella."

Diana inarcò un sopracciglio. "Vostra sorella non vi piace?"

"Io amo mia sorella!" esclamò Cole, solo per pentirsene immediatamente quando le evidenti implicazioni di quell'affermazione fecero calare un silenzio imbarazzante nel negozio. Cambiò rapidamente argomento, incespicando mentre parlava. "Tutti gli abiti che si possano realizzare per la signora e... una dozzina di giacche e gilet per me. Ora basta parlare."

Sebbene il risultato non fosse il rapporto uno a uno che lei aveva spudoratamente richiesto, il barlume soddisfatto negli occhi di Diana faceva capire che la giovane si riteneva la vincitrice dello scontro mentale.

Cole era d'accordo.

Al Parlamento non avrebbe fatto male una forza della natura come Diana Middleton alla guida di qualche commissione. A pensarci bene, Diana avrebbe potuto fare molto di più che dare del filo da torcere alla Camera dei Lord. Se si fosse impegnata, sarebbe potuta diventare una gran dama della società, al pari di lady Jersey, in un batter d'occhi.

Anzi, era proprio in quel modo che lui avrebbe giustificato la spesa a Thaddeus. Questi voleva che la sua pupilla si sposasse, giusto? Cole stava facilitando il processo. Non trasformando Diana in un'altra persona, ma rivelandola per la donna forte, capace, bellissima e indomita che era sempre stata. La volta successiva in cui sarebbe entrata in una sala da ballo, *nessuno* l'avrebbe ignorata.

Quell'immagine gli mozzò il fiato mentre osservava le sarte cinguettare per le scelte di Diana in materia di tessuti. L'evidente conoscenza enciclopedica della giovane riguardo alla moda e al design faceva sì che le donne inciampassero le une sulle altre per mostrarle i materiali migliori e discutere degli ultimi elementi *à la mode* a Parigi.

"Sarete l'Originale di quest'anno," esclamò una delle sarte.

Diana scosse la testa con aria dubbiosa. "Temo di essere sullo scaffale da sette anni di troppo per diventare la beniamina dell'alta società."

Ma era davvero così?

Cole non dubitava che Diana conoscesse la società e i suoi membri più importanti come conosceva i galloni di Rumford e cosa sovrapporre alla mussola decorata. E lui aveva creduto che non sarebbe riuscita ad adattarsi al ruolo di duchessa? Da un giorno all'altro, Diana avrebbe fatto fare alle duchesse dei secoli precedenti la figura delle novizie.

Al momento, era Felicity a governare le loro dimore, ma naturalmente sua sorella non sarebbe rimasta in casa per sempre. Sebbene nulla potesse sostituirla, Cole era certo che Diana sarebbe riuscita ad assumere molto rapidamente la direzione di una casa. Anzi, Thaddeus non aveva forse detto che il primo atto di Diana, dopo essere diventata sua pupilla, era stato di riorganizzargli la casa per massimizzarne l'efficienza?

Cole non riusciva a immaginare una reazione più da Diana.

Per quanto riguardava la vita segreta della giovane… e se non avesse dovuto essere segreta? La duchessa di Colehaven avrebbe ricevuto più deferenza di un umile vice-segretaria di un avvocato immaginario. Magari, loro due avrebbero potuto persino andare in missione insieme.

Non che avrebbero dovuto farlo a lungo. Cole era già riuscito a ottenere una riforma dei pesi e delle misure, in passato. Senza dubbio, avrebbe potuto farlo di nuovo. Forse non esattamente come immaginava Diana, ma i loro obiettivi erano gli stessi: migliorare la vita quotidiana dei loro concittadini.

"E ora, tocca a Vostra Grazia," disse il commesso, avvicinandosi a Cole con diverse pezze di tessuto tra le mani.

Cole lo fissò. "Com'è possibile che abbiate già scelto ogni bottone e materiale necessario a realizzare gli abiti per un'intera Stagione?"

Il commesso spalancò stupito gli occhi. "La vostra amica è molto efficiente."

mica. Così il negoziante si era riferito al rapporto di Cole con Diana.

Cole si disse che ciò corrispondeva abbastanza alla verità. Ma era ben lungi dall'essere tutto ciò che lui voleva.

Quando riportò Diana a casa, la invitò a cena nella sua residenza ducale per quella sera stessa. La sorella di Cole – e un esercito di servitori – avrebbero fatto da chaperon, ma lui la incoraggiò a portare con sé il cugino e tutte le cameriere che desiderava.

Voleva fare le cose per bene.

Ma c'era il piccolo dettaglio di una certa scommessa a cui far fronte. Lasciò a Thaddeus un biglietto in cui gli chiedeva di venire a trovarlo il prima possibile, quindi si fece portare dal suo cocchiere direttamente al Duca Malandrino.

"Colehaven!" fu il coro familiare che lo accolse mentre entrava al caldo. Bicchieri tintinnanti e volti sorridenti lo circondarono.

Cole raggiunse il suo solito posto accanto a Eastleigh.

"Rinuncio alla scommessa," annunciò.

"Non si può rinunciare a una scommessa," lo ammonì Eastleigh.

"Può sempre perderla!" esclamò qualcun altro.

Le risate si mescolarono al tintinnio dei bicchieri.

"Non può aver *perso*," disse Eastleigh.

"Perché vince sempre?" chiese qualcuno.

"Dieci anni non sono un'eternità," concordò qualcun altro.

"Hai tempo fino al termine della Stagione," disse stupito Eastleigh. "Non ti ho mai visto arrenderti, soprattutto non con quattro mesi di anticipo."

"Questa non è una resa," gli assicurò Cole. "È l'inizio della battaglia."

Per quanto Diana fosse un'abile giocatrice di scacchi, lui dubitava che avesse previsto la sua mossa successiva. Ma quando Cole giocava, giocava *sul serio*. L'avrebbe convinta che la loro unione era l'unico futuro possibile.

"Portatemi il registro delle scommesse," esclamò Eastleigh, per poi abbassare la voce e rivolgersi a Cole. "Thad lo sa?"

Cole scosse la testa. "Ho chiesto un colloquio per oggi pomeriggio."

Qualcosa nella sua voce o nel suo volto doveva essere stata causa di sospetto, perché gli occhi verdi di Eastleigh si strinsero.

"La *signora* lo sa?" chiese seccamente.

"Non sono sicuro che ne abbia avuto il sentore," ammise Cole. "Ma le devo onestà e rispetto. Non posso chiedere la sua mano mentre i miei amici hanno scommesso del denaro sul risultato."

"Molti gentiluomini non lo farebbero," disse Eastleigh mentre il libretto passava di mano in mano nella sua direzione.

Cole scosse la testa. "In tal caso, non sono gentiluomini."

Se Diana avesse respinto il suo corteggiamento, lui non avrebbe tratto alcun piacere nel darla in sposa a qualcun altro. Vincere la scommessa era inutile se significava perdere Diana. Se la serata non fosse andata come lui aveva sperato... Cole avrebbe perso entrambe le cose.

Afferrò il bordo della sedia con mani improvvisamente sudate. Cosa avrebbe fatto se Diana non avesse ricambiato il suo affetto?

Eastleigh aprì il libretto delle scommesse e accettò la penna e l'inchiostro che una cameriera gli porse. Con uno svolazzo, il duca scrisse la data e *ammissione formale della sconfitta* sotto alla voce, per poi porgere la penna a Cole.

"Ultima possibilità," mormorò Eastleigh. "Se firmi, è tutto finito."

Cole appoggiò il pennino alla carta.

CAPITOLO 14

"*E*ra la torta Banbury migliore che io abbia mai mangiato," disse Diana mentre appoggiava il tovagliolo piegato accanto al piatto vuoto.

Per qualche motivo, suo cugino Thaddeus non aveva voluto unirsi a lei nell'accettare l'invito a cena di Colehaven. Diana non era sicura di aver mai sentito Thaddeus declinare un invito in vita sua, ma naturalmente il preavviso era stato breve. Senza dubbio, Thad aveva già preso innumerevoli impegni.

"Sono lieta che vi sia piaciuta." Felicity Sutton lanciò un'occhiata maliziosa al fratello. "Le torte Banbury sono tra le preferite di Cole. Se voi aveste arricciato il naso, probabilmente lui vi avrebbe buttata in mezzo alla strada."

"Un gentiluomo non 'butta' le signore," disse con fermezza Colehaven a sua sorella. "Le abbandona con delicatezza al freddo."

"Sono lieta di aver superato la prova," disse sorridendo Diana.

Forse era meglio che Thaddeus fosse troppo

impegnato per unirsi a loro. Diana era piuttosto sicura di aver appena mangiato la sua porzione.

"Con Cole, nulla è semplicemente una *prova*." Lady Felicity levò gli occhi al cielo con aria cospiratrice. "Lui crede che la vita sia una partita a scacchi."

L'entusiasmo colmò Diana mentre si voltava verso Colehaven.

"Dunque giocate," disse, agitando un dito in una finta accusa.

L'uomo le sorrise. "C'erano dubbi?"

"Anche voi?" gemette lady Felicity. "Andate pure a giocare. Io arriverò non appena avrò finito di… ehm… riattaccare tutti i bottoni della casa. O di contare ogni granello di cenere nel focolare. Qualunque altra cosa mi impedisca di perdere ripetutamente in meno di dieci mosse."

Diana inarcò divertita un sopracciglio all'indirizzo di Colhaven. "Regina in H4?"

"Regina in H4," confermò mestamente il duca.

"Noo." Lady Felicity si alzò in piedi. "Mi rifiuto di restare seduta mentre vi scambiate sillabe prive di senso in mia presenza. Venite a cercarmi quando sarete pronti a parlare di phaeton e brandy come le persone normali."

"Le debuttanti normali non conoscono la differenza tra un coprisedile arricciato e uno intrecciato," osservò Colehaven mentre sua sorella si allontanava.

"Sono una zitella, non una debuttante," disse la voce di Felicity dal corridoio. "E poi, chi vuole salire su una carrozza senza sapere come funziona?"

Il sorriso di Diana vacillò quando qualcosa, nell'espressione di Colehaven, le fece capire che la parola 'zitella' lo aveva colpito un po' troppo duramente.

"Siete preoccupato per vostra sorella?" chiese.

L'espressione supplichevole dell'uomo la trafisse. "Avere ventiquattro anni non fa di una donna una *zitella*, vero?"

"È un'età più avanzata rispetto a quella delle debuttanti," tentennò Diana. "Ma non è la fine del mondo. Guardate me, per esempio."

Lo sguardo di Colehaven si fece più intenso. Il duca aveva raramente smesso di guardare Diana dal momento in cui era scesa dalla carrozza. Lei deglutì.

"Dov'è questa famigerata scacchiera?" chiese, nella speranza di deviare l'attenzione dal rossore della sua pelle.

Colehaven le tese la mano per aiutarla ad alzarsi. "Da questa parte."

Il salotto privato in cui egli la condusse sembrava progettato con gli scacchi in mente. C'erano dei libri lungo le pareti, un buffet con vino e bicchieri e persino una spinetta in un angolo, ma i veri protagonisti della stanza erano dei pezzi di ebano e bosso splendidamente intagliati su una scacchiera di mogano posata esattamente sotto il lampadario di cristallo.

Il cuore di Diana mancò un battito. Lei corse a dare un'occhiata migliore.

"Ho quasi paura di toccare qualcosa di così bello," disse meravigliata.

Lo sguardo di Colehaven si accalorò. "È una sensazione che conosco bene."

Diana arrossì e percorse con un dito il bordo del tavolo scanalato. "Bianco o nero?"

Colehaven mostrò il palmo della mano. "Prima le signore."

Diana si sedette di fronte ai sedici pezzi in legno di bosso, esitando a muoverne uno per rovinare la perfezione artistica della scacchiera.

"Cosa state combinando voi lord in Parlamento, quest'anno?" chiese.

Il sorriso malizioso di Colehaven le fece arricciare le dita dei piedi. "Sperate di distrarmi con la politica? Potrei discutere dell'Atto sull'Idrometro di Sykes a occhi chiusi."

"Discutiamone," disse Diana mentre apriva di re. "Non c'è nulla che io trovi più piacevole dei liquori forti."

"Tranne i pesi e le misure?" chiese sarcastico l'uomo.

"Tremo a ogni vostra parola," disse lei. "È come se recitaste poesie."

Colehaven fece la sua contromossa. "La maggior parte di noi partecipa a diverse commissioni contemporaneamente. Spero di fare progressi nella Debito Pubblico."

Diana sorrise mentre muoveva un pedone in bosso. "Nel senso di smettere di lasciare che siano degli spendaccioni a stabilire il budget?"

"Fosse così semplice." Le dita di Colehaven toccarono il suo pedone. "Il problema non è che il governo debba spendere meno denaro. È che dobbiamo spenderlo in maniera più efficiente."

"Ho dei suggerimenti," disse subito lei. "Interi diari pieni di suggerimenti."

Il duca catturò il suo pedone col proprio. "Immagino che amiate il dibattito quanto amate gli scacchi."

"Ho meno esperienza nel dibattito," ammise Diana mentre muoveva l'alfiere sulla scacchiera. "Thad tollera di giocare con me, ma non è un lord. La mia conoscenza dei problemi attuali viene dai giornali. La metà delle volte, veniamo a conoscenza delle leggi solo quando sono già in vigore."

"Potremmo cambiare la situazione," propose Colehaven mentre la sua regina spiccava il volo. "Con mio stupore, devo dire che mi piace molto discutere con voi."

"Vorrei poter assistere ai lavori," disse amareggiata Diana. Il suo re si mosse di lato. "Una volta, le donne erano ammesse tra il pubblico. Perché gli uomini hanno tolto loro quel privilegio?"

"È stata una scelta miope," concordò sospirando Cole. "Vorrei poter stabilire io le regole."

Diana scoppiò a ridere. "Voi create letteralmente le leggi che governano l'intera nazione. Se questo non è 'stabilire le regole'..."

Il duca le rivolse un sorriso malizioso e mosse un pedone. "Giusto. Vedrò cosa posso fare."

Diana non stava guardando la scacchiera, ma Colehaven. Consentire alle donne di tornare ad assistere ai lavori parlamentari era un'impresa impossibile. Lei lo sapeva. Lui lo sapeva. Tuttavia, Diana non dubitava che, per lei, Colehaven ci avrebbe provato.

Questo le fece venire voglia di baciarlo di nuovo.

Non che avesse mai smesso di averne voglia. Aveva pensato a poco altro da quel momento mozzafiato che avevano trascorso insieme in giardino. Persino quella mattina, quando l'uomo era parso disperato all'idea di farsi prendere le misure per dei gilet nuovi, lei aveva faticato a non mettergli le mani sulla mascella e avvicinare le labbra alle sue.

Quando catturò il pedone di Colehaven con l'alfiere, le tremavano le mani. A differenza di quella mattina in Bond Street, quella sera loro due erano completamente soli. Lei non aveva portato suo cugino o una cameriera. Lo staff del duca, guarda caso, era altrove. Persino lady Felicity era svanita con un pretesto ben poco credibile, lasciandoli liberi di fare ciò che volevano.

Se Diana avesse *davvero* voluto godere di un momento di passione sfrenata con un bel duca, non avrebbe potuto chiedere circostanze più favorevoli.

Sollevò lo sguardo con le ciglia abbassate. Lui stava pensando la stessa cosa.

Un tremito a lei sconosciuto le percorreva la voce quando azzardò: "Vostra Grazia?"

"Buon Dio." Colehaven si ritrasse come se lei lo avesse schiaffeggiato. "Non dite mai più una cosa del genere. Io sono Colehaven per quasi tutti, Cole per i miei amici."

Imbaldanzita, Diana si leccò le labbra e sporse il seno. "E noi siamo solo... amici?"

Al contrario di quanto accadeva nei suoi sogni, il duca non mise a tacere quella domanda impertinente schiacciando la bocca contro la sua e facendo l'amore con lei proprio lì, sul tavolo degli scacchi.

"Preferireste essere... duchessa?" chiese invece.

Fu il turno di Diana di ritrarsi in preda all'orrore.

"Cosa?" farfugliò. "No!"

"Sto sbagliando tutto," disse Colehaven, facendo come per alzarsi e posare un ginocchio a terra.

Diana balzò in piedi e praticamente lo costrinse a restare dov'era.

"Non fatelo," implorò. "Non rovinate tutto."

"Sto cercando di migliorare tutto," disse l'uomo; la sua voce sincera e il suo sorriso esitante le spezzarono il cuore. "Abbiamo avuto un momento. Vorrei farlo perdurare."

Lei gli curvò le mani attorno alle spalle e lo guardò dritto negli occhi.

"Io non ho intenzione di sposare né voi né alcun altro uomo," disse. "Ve l'avevo detto. Pensavo che mi aveste ascoltato."

"Non avevo chiesto la vostra mano quando lo avete detto," le ricordò Colehaven, come se nessuna donna avesse mai rifiutato un duca.

Forse Diana era davvero la prima.

"Allora, parlavamo in maniera astratta," proseguì Colehaven, lo sguardo urgente e sentito. "Di voi che avreste sposato uno sconosciuto nel futuro. Era normale che foste preoccupata per la compatibilità. Chiunque lo sarebbe. Lo ero anch'io."

Diana chiuse gli occhi, come se farlo avesse potuto zittire la voce dell'uomo.

Non funzionò.

"Credo che abbiamo dimostrato di essere compatibili. Mentalmente e fisicamente." La bassa voce di Colehaven scivolò su di lei come una brezza calda.

Lei si ritrasse rabbrividendo.

Una delle mani del duca accarezzò la sua.

"Inoltre," mormorò lui, come se ci avesse pensato solo in quel momento, "il ducato è davvero splendido. E la nostra gatta ha appena fatto i gattini."

Quando Diana riaprì gli occhi, la voce le uscì molto più dura di quanto avrebbe voluto. "Non mi importa del vostro ducato."

Era solo parzialmente vero. Ora che sapeva della loro esistenza, non poteva non essere affascinata dai gattini.

"Io non mi sposerò mai," mormorò. "Cento ducati non varrebbero la perdita della mia libertà. Voi siete un brav'uomo, ma io diventerei una vostra *proprietà*. Se voi doveste decidere che non posso più tenere diari o condurre indagini–"

"Naturalmente, non andrete più in giro travestita da lavoratrice," disse con fermezza Colehaven.

Lei gli lasciò le spalle e cercò di non urlare.

Ecco. Ecco perché non avrebbe mai potuto sposarsi. Lo amava, ma se lui le avesse fatto una cosa del genere, lei sarebbe arrivata presto a odiarlo. Qualunque compatibilità avessero un tempo condiviso sarebbe svanita come–

Diana gemette e si lasciò cadere sulla sedia. Lo amava, ma non poteva averlo. Senza che lei se ne fosse accorta, Colehaven era riuscito a metterla con le spalle al muro sulla *vera* scacchiera. Quella dove i duchi erano re e le zitelle erano pedine.

Scacco, ma non scacco matto. Le restava ancora qualche mossa.

"Vi dico di no," mormorò, "non perché preferisco una vita da zitella a una vita con voi. Ho sempre avuto intenzione di fare così; ho sempre creduto che mi avrebbe portato gioia. Ma la gioia è l'ultima cosa che provo quando declino l'offerta di diventare la vostra duchessa."

Colehaven non nascose la sofferenza nel proprio sguardo. "Allora perché rifiutare?"

"È la proposta sbagliata," disse semplicemente lei. "Io sposerei *voi*, ma voi non volete sposare *me*."

Confuso, l'uomo si accigliò. "Ho appena detto–"

"Voi volete cambiarmi," lo interruppe Diana. "Volete ripararmi, modellarmi, sposare una versione di me diversa dalla donna che sono. Io non *voglio* smettere di essere me. Non credo nemmeno di esserne capace. Per cui no, non mi sposerò. Sarei causa di scandalo e di imbarazzo per il vostro nome e rovinerei tutto quello che avete cercato di costruire. Per entrambi, sarebbe peggio stare insieme che stare divisi."

Le spalle di Colehaven si contrassero. "Non sono d'accordo. La vita è peggiore quando siamo divisi."

"Ci sarebbe un modo," disse lentamente lei, mentre una soluzione prendeva forma nella sua mente.

Lei lo desiderava, voleva *stare* con lui, ma rifiutava di diventare una sua proprietà. Il che significava che non avrebbero mai potuto avere l'eternità. Un giorno, lui si sarebbe sposato e lei no. Ma tra ora e allora… non c'era motivo di negarsi ciò che entrambi desideravano: l'un l'altra.

Questa volta, quando Diana si alzò in piedi, non fu per dare una scrollata di spalle al duca, ma per mettersi sul suo grembo.

"Cosa state…" mormorò Colehaven, sebbene le

sue braccia la stessero circondando proprio in quel momento.

Lei portò alla bocca all'angolo della sua e vi diede un bacio lievissimo. "Non è necessario prenderci la briga di sposarci per avere il meglio."

"Ma..." disse l'uomo tra un bacio e l'altro. "Se non volete essere mia moglie..."

"Posso comunque essere la vostra amante," concluse lei, sfiorando la punta della lingua di Colehaven con la sua.

"Cosa?" balbettò lui contro le sue labbra, staccandosi per fissarla senza capire. "Invece che una vita di matrimonio, preferireste una vita da amante?"

Lei gli rivolse un sorriso sghembo. "Posso essere un'amante temporanea, se la cosa vi fa sentire meglio."

"Non è così," disse con fermezza il duca.

"Potrebbe." Lei premette le labbra contro l'angolo della sua bocca. "Un anno."

"Diana... No... Voglio più di un'amante."

Lei gli leccò il labbro inferiore. "Un mese."

"Io... Voi..." Colehaven la baciò come se non riuscisse a sopportare un momento in più senza che loro corpi si intrecciassero, quindi staccò la testa ansimando. "Questo non è contrattare: è il contrario. Continuate a togliere quello che voglio–"

"Una notte." Diana si infilò un dito nella scollatura e strattonò senza vergogna. "Questa notte."

Alcune ore per fare quello che volevano. Quello che *desideravano*. Per creare quanti più ricordi possibili. Per cedere alla tentazione... e a loro stessi.

"Qui? Ora?" La voce del duca era roca e tormentata. L'uomo portò alle labbra al punto pulsante alla base del collo di Diana, quindi sollevò lo sguardo, gli occhi scuriti dal desiderio. "Non è così che finisce la maggior parte delle proposte di matrimonio fallite."

"Una seduzione." Diana gli passò le braccia attorno al collo e si strusciò contro il suo grembo. "Vi sfido."

Lui la sollevò tra le braccia e si alzò in piedi.

"Un gentiluomo non butta in strada una giovane donna," mormorò Diana.

"Non ho ancora finito con voi, anzi," ringhiò Colehaven mentre si incamminavano verso la porta aperta.

Invece che portarla nel suo salotto privato, Colehaven chiuse la porta, fece scattare la serratura e si diresse verso il focolare.

"Cosa state facendo? chiese Diana mentre lui la gettava su una morbidissima chaise longue.

"Una seduzione." L'uomo si mise sopra di lei e premette la bocca contro la sua. "Mi avete sfidato voi."

Un brivido percorse Diana.

"Mi riferivo a me che seduco voi," precisò lei mentre gli strappava il fazzoletto dal collo e lo gettava via. "Non… qualunque cosa abbiate in mente di farmi."

"*Tutto*." Il sorriso lento e sensuale di Colehaven non era altro che una promessa maliziosa.

Diana avrebbe voluto avere a sua volta un fazzoletto da collo per gettarlo drammaticamente da parte. Quella di una seduzione reciproca era l'idea più magnifica che avesse mai sentito.

"Che il gioco abbia inizio," mormorò, attirando l'uomo a sé.

Quei baci erano diversi da quelli di prima. Meno possessivi, più arroganti e provocanti. Come se Colehaven sapesse bene quanto lei che quell'unica notte di seduzione non sarebbe mai bastata.

Colehaven intrecciò le dita con quelle di Diana, intrappolandole le mani accanto alla testa.

La preoccupazione era superflua. Con ogni battito del suo cuore, con ogni affanno nel respiro, il corpo di Diana si stava dichiarando suo, aperto al saccheggio. Quella familiare pressione aveva già cominciato a crescere dentro di lei.

Quando, finalmente, il duca interruppe il bacio, lei schiuse le labbra per protestare. Ma prima che potesse farlo, la bocca dell'uomo cominciò a darle una serie di baci lenti e sensuali sotto la mascella, attorno alla curva del collo, lungo la scollatura.

Ogni pensiero di lamentarsi svanì dalla mente di Diana. Quando la bocca di Colehaven trovò finalmente il suo seno, un gemito strozzato le sfuggì dalla gola mentre si inarcava contro di lui.

Non intendeva pensare al domani. Una volta resosi conto di dover trovare una moglie adeguata – o una volta che la doppia vita di Diana fosse stata rivelata, rendendola completamente improponibile – non avrebbero mai più avuto un momento del genere.

Ma fin quando le sarebbe stato possibile, fin quando entrambi avrebbero avuto il coraggio, lei si sarebbe lasciata andare alla vulnerabilità e avrebbe condiviso con Colehaven quanti più momenti di piacere possibile. Circondò l'uomo con le gambe e lo attirò verso di sé.

Almeno per quella notte, lui era suo.

Gli aprì il suo vestito, il suo corpo, il suo cuore. Quello non era il momento di nascondere i suoi veri sentimenti. Era il momento di afferrare tutto ciò che era alla sua portata. Di offrire lo stesso a lui. Un'occasione di soddisfare il loro desiderio, anche se non avessero ammesso apertamente che si trattava di molto di più.

Colehaven la esplorò con le mani, con la bocca, non lasciando nemmeno una curva senza baci, nemmeno un lembo di pelle nuda senza carezze. Diana era sua e lui lo sapeva. La seduzione era a doppio senso. Il corpo di Diana reagì come se vi avessero dato fuoco. Come se congiungersi con lui fosse l'unica speranza di saziare quel desiderio insaziabile.

Quando la testa dell'uomo svanì in mezzo alle sue gambe, lei perse completamente la presa sulla ragione. Non c'era altra scelta che lasciarsi andare completamente al momento, all'uomo i cui morbidi capelli stringeva tra le dita mentre egli faceva una magia di cui lei aveva ignorato l'esistenza.

Il respiro di Diana non si era ancora calmato, forse non si sarebbe calmato mai più, quando Colehaven si mise sopra di lei in un modo che prometteva un piacere ancora più grande di quello che le aveva mostrato.

"Siete sicura di volerlo?" mormorò l'uomo contro il lobo del suo orecchio.

"Ne sono sicura da secoli," confessò arditamente lei mentre angolava il bacino per permettergli un accesso più facile. "L'unica cosa di cui non ero sicura era se avremmo mai avuto un'occasione."

"Possiamo avere tutte le occasioni che vogliamo," promise Colehaven.

Diana ne dubitava, ma la cosa non aveva importanza. Nulla aveva importanza, se non la gloriosa pienezza, calda e dura e scivolosa, che congiungeva i loro corpi. Vi fu un lampo di dolore, seguito solo dal piacere mentre Colehaven le dava il suo corpo, le sue carezze e i suoi baci, tutto assieme.

Non stava facendo l'amore con lei come se il futuro avesse riservato loro mille altre occasioni. Non stava trattenendo nulla, non il suo desiderio, non il suo cuore. Erano uniti in ogni modo rilevante, nel corpo e nell'anima, nello sguardo, nei baci, come se quel momento fosse tutto ciò che avrebbero mai avuto. Come se non ci fosse stata altra scelta che dare tutto mentre tutto apparteneva ancora a loro.

Perdiana, non c'era mai stata una scelta. Il suo corpo apparteneva a lui.

Anche se lei non avrebbe mai potuto farlo.

CAPITOLO 15

Quando Cole si svegliò, non allungò una mano in cerca di Diana. Lei non era nel suo letto. Non ancora.

Era tornata a casa poco dopo che avevano fatto l'amore, la notte prima, non volendo fermarsi fino a un orario che avrebbe suscitato i sospetti del suo tutore legale.

La qual cosa non era necessaria, dato che Cole aveva tutta l'intenzione di ottenere il permesso di Thad di chiedere la mano della sua pupilla. E poi, tornare a casa un'ora o due dopo cena aveva fatto sì che Diana andasse a letto molto prima di quando avrebbe fatto se avesse partecipato a un evento sociale.

Certo, lei non aveva formalmente *accettato* la proposta di Cole. Non con le parole. Ma gli aveva concesso il suo corpo. Gli aveva permesso di prendere la sua verginità. Agli occhi della società, era rovinata. Non aveva altra scelta che sposare Cole.

Certo, era un risultato meno romantico di un "Sì!" immediato ed entusiasta, ma a quel punto, qualunque 'sì' sarebbe andato bene.

Quali che fossero i dubbi di Diana, Cole non ne aveva. Lei sarebbe stata una splendida duchessa. Intelligente, compassionevole, tenace. Insieme, sarebbero stati una squadra meravigliosa. Cole non vedeva l'ora. Le tre settimane di pubblicazioni gli sarebbero parse una vita.

Ma per prima cosa, era necessario che lui, da bravo gentiluomo, rendesse la questione ufficiale.

Si vestì, fece colazione e trascorse la mattinata a prepararsi il meglio possibile per il primo incontro parlamentare della serata, quindi prese la via di casa Middleton.

Se Thaddeus fosse stato addormentato a mezzogiorno e mezza, Cole lo avrebbe trascinato fuori dal letto di persona. C'era un contratto da discutere, un matrimonio da progettare, una nuova vita che attendeva proprio dietro l'angolo.

Quando il maggiordomo aprì la porta, Cole lo salutò con un sorriso. "Ti auguro una splendida giornata, Shaw. Il tuo padrone è in casa?"

"Credo che vi stia aspettando, Vostra Grazia." Shaw accompagnò Cole non nel salotto per gli ospiti, ma nel soggiorno privato di Middleton.

L'ultima traccia di nervosismo svanì dal ventre di Cole. Quello era un buon segno. Un ottimo segno. Thaddeus si era alzato a mezzogiorno in punto per firmare il contratto nuziale.

Cole avrebbe lasciato che fosse Diana a scegliere tra le pubblicazioni e una licenza speciale, ma nel momento in cui i voti sarebbero stati pronunciati, lui e la sua sposa novella avrebbero finalmente potuto–

"Cosa ci fate voi qui?"

Cole si voltò di scatto, il cuore che martellava

per l'incertezza. Quella voce non apparteneva a Thaddeus, ma a Diana. E lei non sembrava compiaciuta di vederlo.

La giovane era appena fuori dalla soglia, con un'espressione dubbiosa.

La sua futura duchessa non indossava un abito elegante, né era seminascosta sotto una misera cuffietta e un grembiule da cameriera. Si era rifugiata nel suo travestimento da tappezzeria. Aveva le braccia incrociate sotto il seno e gli occhi azzurro ghiaccio che scintillavano di fuoco.

"Faccio il passo successivo," rispose subito lui. "Voi amate l'efficienza, per cui dubitavo che avreste apprezzato se io avessi perso tempo. Come avete dormito? Mi siete mancata quando–"

"Mi date *mai* retta?" scoppiò Diana. "Vi ho detto di no."

"Certo," concordò Cole, accigliandosi. "Dopodiché, ci siamo tolti vestiti e abbiamo compiuto un atto riservato a moglie e marito–"

"–o a puttana e portuale, o a cortigiana e lord, o a zitella e chiunque diavolo lei voglia."

Cole rimase di stucco. "A dire il vero, non sono sicuro che funzioni proprio così. Non per le zitelle rispettabili, se non altro. Qualunque giovane donna, sposata o meno, che speri di mantenere una reputazione dignitosa–"

"Quando mai sono stata dignitosa?" volle sapere lei. "Quando ho mai dato il minimo segno di voler restare nella scatolina che la società ha disegnato per me? Citate *una* occasione in cui io mi sia comportata esattamente come tutte le vostre giovani dignitose."

"Io..."

"Voi non volete *me*," disse Diana. "Volete la *vostra* visione, le vostre limitazioni, le vostre condizioni. Volete una marionetta a forma di Diana che sorrida a comando e non metta mai a rischio il suo prezioso voucher di Almack's."

I muscoli di Cole si tesero. "Non è giusto."

"Per nessuno di noi due," concordò lei, gli occhi che mandavano lampi. "Voi avete il diritto di sposare una bambolina perfetta. Andatevela a cercare. Fino a quando rimarrò nubile, io ho la possibilità di vivere come desidero."

"Io non farei mai–"

"Lo avete già fatto." La voce di Diana suonava vuota. "E lo state facendo ancora. È proprio questo il problema. Io non intendo rinunciare ai miei principi o alle mie battaglie e voi non volete accettarmi assieme a essi. Non possiamo avere l'un l'altra. Non in questo modo."

Cole scosse la testa confuso. "Ma voi mi avete permesso di…"

"Io non vi ho permesso di fare nulla," disse lei a denti stretti. "Ieri sera, io e voi abbiamo deciso insieme. Se non riuscite a vedere la differenza…" Le dita di Diana tremavano. "Sarebbe meglio se non foste ancora qui quando mio cugino scenderà. Addio, Cole."

Diana si scostò, non lasciando dubbi sul fatto che volesse che lui se ne andasse con tutta l'alacrità e l'efficienza che aveva dimostrato con quella sua visita non richiesta.

Cole inclinò la testa e la accontentò.

Era inutile discutere. Questa volta, il *no* inequivocabile di Diana era stato più che chiaro. Anche per un imbecille innamorato come lui.

Cole tornò alla carrozza, ma non a casa. Non era ancora pronto per avvertire quel vuoto permanente e sgradevole.

Invece, ordinò al suo cocchiere di condurlo al palazzo di Westminster. Il Parlamento non avrebbe cominciato la sua prima sessione che tre ore dopo, la qual cosa, con un po' di fortuna, gli avrebbe dato tempo sufficiente a levarsi dalla testa la proposta di matrimonio fallita e concentrarsi sul discorso che avrebbe rivolto ai suoi pari, riguardante i lavori pubblici e l'industria ittica.

Quella sera avrebbe determinato la sua posizione per il resto della stagione parlamentare.

E la sua unica possibilità di dare l'impressione giusta. Se si fosse mostrato abbastanza preparato, abbastanza affidabile, abbastanza *signorile*, gli altri lord avrebbero potuto scegliere lui per sostituire Fortescue come presidente della commissione.

Era quello che lui voleva. Quello per cui aveva lavorato. E, a voler essere onesti quanto lo era Diana, si trattava di un obiettivo molto più facile da conseguire senza di lei.

Non gli avrebbero affidato degli atti parlamentari se non fosse riuscito a costringere sua moglie a rispettare le regole della società. E di certo lui non poteva mettersi a blaterare della sovrabbondanza di *bushel* o del perché l'Inghilterra avrebbe dovuto scimmiottare i metri di Napoleone. Non senza diventare lo zimbello di tutti, un oggetto di ridicolo, al quale nessuno avrebbe mai più prestato orecchio.

E tuttavia, le parole di Diana gli bruciavano ancora nelle orecchie. *Mi date* mai *retta?*

CAPITOLO 16

"Cosa ci fai qui?"

Diana sollevò lo sguardo vacuo dal pavimento fuori dal soggiorno privato di suo cugino e trovò Thad all'altra estremità del breve corridoio.

Normalmente, a quell'ora, i capelli di Thad recavano ancora i segni del cuscino e i suoi occhi marroni erano appannati dal sonno. Quel giorno, sembrava sveglio da ore. Aveva le guance arrossate, come dal vento, e un paio di guanti da equitazione gli penzolavano da una mano.

Ancora più inusuale, i suoi occhi scuri non erano vacui e assonnati, ma lucidi, all'erta e stretti dalla preoccupazione. La sua falcata lunga lo portò subito da lei.

"Cosa c'è?" Thaddeus le staccò le spalle dal muro e la accompagnò fino a una poltrona di cuoio nel suo studio. "Raccontami cosa è accaduto."

Diana appoggiò la nuca alla sedia e serrò le palpebre.

Quello che era accaduto non aveva nulla a che

fare con Thaddeus. Quello che lei intendeva fare – o non fare – del suo futuro, invece, avrebbe influenzato profondamente suo cugino.

Thad aveva fatto tutto il possibile per darle le migliori possibilità sul mercato dei matrimoni. L'aveva trascinata a tutti gli eventi possibili del bel mondo; aveva persino convinto un duca a intraprendere la missione impossibile di dare in sposa la sua pupilla.

Diana aveva trascorso gli ultimi cinque anni a sventare gli sforzi di suo cugino. Aveva temuto che, se gli avesse detto la verità – che non aveva intenzione di prendere marito, mai – la sua presenza non sarebbe più stata bene accetta.

Thaddeus aveva acconsentito a fare da tutore temporaneo alla cugina orfana. Non si era offerto di mantenere permanentemente una parente povera che aveva scelto di proposito di rimanere zitella e dipendente da lui.

Diana aveva accusato Colehaven di non prestarle attenzione, di non riconoscere il suo punto di vista e di non rispettare la sua volontà.

Ma lei non aveva concesso a suo cugino la cortesia di una spiegazione, preferendo lasciare che egli profondesse tutto il suo impegno nel darle la possibilità di ottenere qualcosa che lei non voleva nemmeno, piuttosto che trovare il coraggio di raccontargli la verità.

Era giunto il momento.

Diana aprì gli occhi. "Colehaven mi ha chiesto di sposarlo."

"Congratulazioni, cugina." Le spalle di Thaddeus si curvarono per un sollievo palese.

"Ho rifiutato."

Ecco fatto. L'argomento era stato introdotto. Ora Thad avrebbe saputo che razza di pupilla lei fosse.

Suo cugino aggrottò la fronte. "Colehaven non ti piace?"

Diana scosse la testa. Amava Cole. Ma non era abbastanza.

"Se hai mire più elevate," disse lentamente Thaddeus, "devo informarti che più in alto di un duca ci sono solo i principi stranieri e il Reggente in persona, che temo sia già impegnato."

Diana nascose il volto tra le mani. Suo cugino era così dannatamente *gentile*. Lei detestava infrangere la buona opinione che aveva di lei.

Ma si costrinse comunque a sollevare lo sguardo.

"Non posso sposarlo," disse sconfortata. "Né lui, né alcun uomo a modo. *Io* non sono a modo e non intendo diventarlo. Una duchessa è un membro importante del *ton*, ma io preferisco essere importante per la gente comune. Fare davvero la differenza. Esco la mattina di nascosto, travestita da una persona che non sono, per–"

La spiegazione tentennante di Diana si arrestò alla vista dell'espressione di suo cugino.

Thaddeus non era sorpreso. *Non era sorpreso.*

Se ne stava pazientemente seduto, permettendole di raccontargli la sua storia a modo suo, coi suoi tempi. Una confessione sconvolgente, scandalosa, che non lo stupiva minimamente.

"Lo *sapevi?*" esclamò incredula. "Da quando?"

"Dall'inizio," rispose lui, con una noncurante scrollata di spalle. "Non sarò un buon giocatore di scacchi, ma so gestire i miei affari. All'inizio, questi comprendevano una nuova pupilla. Poi, ai miei affari si è aggiunta una pupilla che rubava grembiuli dagli alloggi della servitù e svicolava dall'uscita di servizio. Da quando sei arrivata, non mi sono mai annoiato."

Diana avvampò. Ma certo; la servitù l'aveva vista. Aveva dato per scontato che avessero anche taciuto, considerato che la posizione di Diana era superiore alla loro. Invece, suo cugino aveva sempre saputo.

"Perché non hai detto nulla?" chiese lei.

"Perché tu non lo hai fatto," rispose semplicemente Thad. "Sapevo che, quando saresti stata pronta a parlare, lo avresti fatto. Fino ad allora, era mio dovere tenerti al sicuro. Dato che ti rifiutavi cocciutamente di portarti dietro una cameriera–"

"Ero in incognito," protestò Diana. "O almeno, cercavo di esserlo."

"Mi sono assicurato di non interferire mai coi tuoi sotterfugi," le assicurò lui. "Mi sono tenuto tra le ombre e, oserei dire, sono divenuto io stesso abile nell'arte del travestimento."

Un giorno, forse, Diana avrebbe potuto ripensare a quel momento e ridere. Ora, era semplicemente sconvolta.

"Perché non mi hai punita?" chiese. "Avresti potuto confinarmi nella mia stanza, esiliarmi in campagna, mandarmi in convento o in un manicomio per pupille ingrate e incorreggibili–"

"*Diana.*" Thaddeus le prese le mani. "Tu non sei la mia pupilla. Sei una donna adulta. Che io sia d'accordo o meno con le tue scelte in fatto di cuffie e di duchi, questa è anche casa tua. Fin quando lo vorrai."

Un grumo spesso le riempì la gola, impedendo alle parole di uscire. Tutto ciò che Diana poté fare fu stringere le mani di Thad in risposta e scacciare le lacrime pungenti che le erano spuntate all'improvviso negli occhi.

"Non voglio cambiarti," mormorò suo cugino. "Voglio solo che tu sia felice."

Le parole giuste, ma dall'uomo sbagliato.

Le spalle di Diana crollarono. Poteva avere la vita che voleva, ma non la persona con cui voleva condividerla. E per quanto male si sentisse, avrebbe dovuto accontentarsi.

Era il meglio che avrebbe avuto.

 ole appallottolò la relazione che aveva scritto nelle ultime ore e gettò il tutto nel fuoco.

Il Parlamento non sarebbe tornato a riunirsi prima delle quattro di quel pomeriggio. Forse, tra ora e allora, lui avrebbe fatto meglio a impiegare il proprio tempo per trascinarsi al Duca Malandrino e bere fino a quando non avesse dimenticato Diana.

Sempre che esistesse al mondo una quantità sufficiente di birra.

"Continui a piangerti addosso?"

Cole sollevò di scatto la testa in tempo per vedere sua sorella ficcare un enorme cesto nel suo studio e sbattere la porta senza attendere risposta.

Lui non le aveva detto cos'era accaduto alla Camera dei Lord o con Diana, per cui non aveva idea del perché Felicity avesse il sospetto che lui si stesse piangendo addosso.

Una condizione difficile da mantenere mentre rimuoveva gattini facinorosi da ogni superficie precaria del suo studio.

Cole balzò in piedi da dietro la scrivania, ma era troppo tardi.

I demoni erano stati sguinzagliati.

Prese sottobraccio il cesto ormai vuoto e cominciò a inseguire per tutto lo studio un gruppetto di gattini estremamente agili.

"Guarda che ti spedisco in Australia," gridò verso l'altro lato della porta chiusa. "Tu e questi maledetti gatti!"

"Prima li devi acchiappare," disse la voce ridente di sua sorella, quasi troppo lontana per essere udibile.

Sarebbe stata più difficile da agguantare di quei dannati gatti.

Il cesto era grande a sufficienza per contenerli tutti e sei, ma non aveva un coperchio che potesse tenerli bloccati all'interno.

Ogni volta che Cole riusciva a staccare una minuscola palla di pelo da un dipinto di valore inestimabile o da un mappamondo unico al mondo, i gattini riuscivano immediatamente a fuggire dal cesto e a risalire lungo il suo fazzoletto, o a trascinare i loro minuscoli artigli lungo i suoi pantaloni.

Quando, alla fine, lui si arrese e si buttò sul divano, esausto e sconfitto, i gattini gli saltarono allegramente sul petto e si misero comodi, come se non ci fosse angolo della residenza ducale comodo quanto il bavero del duca in persona.

Cole passò le dita sulle morbide schienine. I gattini fecero le fusa in segno di approvazione.

Cole pensò che nulla, nella vita, era completamente prevedibile. Aspettarsi che lo fosse – o cercare di forzare un andamento che non esisteva – era impossibile. Anche quando la vita non andava secondo i piani, le deviazioni non erano necessariamente qualcosa di negativo.

Come i gattini che si erano messi comodi contro le pieghe del suo fazzoletto, Diana era vivace e imprevedibile. A differenza dei gatti, Cole non poteva tenerla in gabbia per la sicurezza di lei o la propria pace mentale.

Una moglie non era un animale domestico. Checché ne dicesse la legge, lui non aveva alcun desiderio di controllarla. Voleva che il loro fosse un legame genuino. Voleva che Diana *volesse* essere la sua duchessa. Ma cosa le stava offrendo in cambio?

Una gabbia. Un guinzaglio. La spuntatura degli artigli. L'annientamento di tutte le cose belle e indomabili che lo avevano attratto fin dall'inizio.

Aveva creduto che Diana si sarebbe convinta del suo punto di vista. Loro due avevano molte cose in comune. Sapevano entrambi com'era perdere tutto. Rimanere orfani, dover ricominciare da capo, avere paura e trionfare comunque. Entrambi volevano fare tutto ciò che era in loro potere per rendere il mondo un posto migliore.

Ma anche se provenivano da esperienze simili, anche se le loro speranze per il futuro erano le stesse, le strade che avrebbero preso per arrivarci non dovevano per forza essere copie identiche l'una dell'altra.

Dopo la tragedia, Cole aveva ottenuto un titolo, un patrimonio, una voce in Parlamento. Quando era rimasta orfana, Diana aveva perso la casa, aveva visto sradicata la propria vita, e la sua esistenza era stata completamente definita dalla sua attrattiva come moglie per un perfetto sconosciuto.

Una gattina si arrampicò lungo un lato del viso di Cole e si accomodò nello spazio tra la sua fronte e il divanetto.

Lui non la spostò. Non stava pensando ai mici, ma a Diana.

Con un certo disagio, cominciò a rendersi conto che aspettarsi che la giovane abbandonasse tutto ciò a cui teneva, che cambiasse la propria personalità per fargli da duchessa a modo era, nel migliore dei casi, miope e vano.

A peggiorare le cose era il fatto che la motivazione di Cole fosse incentrata sul rendergli la vita più facile, quando la sua vita era *già* molto facile.

Il motivo per cui Diana aveva fatto ricorso alla recitazione e alla doppiezza era il fatto che perseguire apertamente le sue passioni non era possibile.

Cole si raddrizzò di scatto, cogliendo di sorpresa diversi gattini.

'Doppiezza' era la parola sbagliata. Così come lo era 'recitazione'. Per la miseria, *segretaria di un avvocato* e *ispettrice delle misure* non erano ruoli da interpretare. Erano posizioni che Diana avrebbe potuto ricoprire in un'altra vita. Carriere che avrebbe potuto intraprendere con soddisfazione.

Quelle indagini sotto copertura non erano un travestimento. Quella era la vera Diana, che faceva quello che amava, che era se stessa. Coraggiosa al punto da non permettere a nulla di ostacolarla. Non al mondo, non alla sua vera identità, nemmeno al duca di Colehaven.

Diana era Diana e lo sarebbe sempre stata. Partite a scacchi e diari di ricerca, crociate contro l'ingiustizia e passione sfrenata, sempre in equilibrio tra scandali imminenti e rivoluzioni politiche. Di una bellezza mozzafiato dentro e fuori e completamente impossibile.

Cole doveva accettarlo, accettare lei, o lasciarla libera. Diana non meritava nulla di meno.

La domanda era se lui meritasse *lei*.

CAPITOLO 18

"Vuoi venire con me a una cena, questa sera?"

Diana guardò suo cugino dall'altra parte del tavolino da tè. "Devo?"

Thaddeus scosse la testa. "No."

No.

Diana abbassò la tazzina e guardò suo cugino.

L'espressione di Thad conteneva una nota di tristezza, ma il suo sguardo era sincero. Lui avrebbe voluto che lei andasse. Non per liberarsi di lei, ma perché gradiva la sua compagnia. Gli piaceva andare a eventi con lei. Ma spettava a Diana decidere.

Fu quello a fare la differenza.

"D'accordo," disse lei.

Il volto di Thaddeus si illuminò.

Diana si ritrovò a ricambiare il sorriso.

Sarebbe andata comunque, naturalmente. Fino a quel giorno, non si era resa conto di avere voce in capitolo. Certo, Thaddeus aveva cercato di trovarle marito. Non perché volesse che lei se ne andasse, ma perché desiderava la sua felicità.

Il senso di colpa le rivoltò lo stomaco. Lei non aveva certo fatto grandi sforzi per ricambiare il favore.

"Magari indosserò qualcosa di diverso dalla carta da parati, questa sera," disse con un sorriso autoironico. "Magari parteciperò persino alla conversazione."

Thad si portò entrambe le mani al petto, come se gli fosse venuto un colpo apoplettico. "Chi siete voi? Cosa ne avete fatto di mia cugina? E quanto a lungo potete rimanere al suo posto?"

Diana gli lanciò un tovagliolo. "Bestia."

Thaddeus le sorrise impenitente. "Non sono tutte persone cattive, sai? Che tu ci creda o meno, il numero di piume di pavone nell'acconciatura di una donna non è inversamente proporzionale alla sua intelligenza."

Diana arricciò il naso e sospirò. "Ho la sensazione di *essere* una persona terribile."

Suo cugino aveva ragione. Il solo fatto che il *ton* non si vergognasse dei propri interessi frivoli non significava che nessuno di loro tenesse alle condizioni di vita del popolo o allo stato presente delle leggi.

Era quello che Cole aveva cercato di mostrarle quando l'aveva costretta ad andare a fare acquisti. A Diana *piaceva* la moda. Lui lo sapeva. Lei aveva creduto che, concedendosi certi capricci, sarebbe stata meno seria di quanto volesse sembrare. Meno degna di attenzione.

Ma mimetizzarsi con lo sfondo cancellava completamente la sua voce. Rifiutarsi di prendere parte attivamente a usanze che lei riteneva soffocanti e sciocche significava voltare le spalle proprio a quelle persone che erano nella posizione migliore per aiutare.

Cole non era uno schermidore solitario che sferrava fendenti contro rigidi parlamentari nel tentativo individuale di dare alla gente una definizione unitaria di *bushel*.

Il duca non era responsabile dell'Atto sui Pesi e le Misure del 1815. E nemmeno lo era lei. C'era l'intera commissione, oltre che la Camera dei Lord e la Camera dei Comuni. Lei e Cole erano promotori di cambiamenti, ma potevano fare ben poco senza il sostegno altrui.

Vedendo il *ton* come un insieme di avversari, lei aveva dedicato le proprie energie a 'Diana contro tutti' invece che a 'Diana e tutti contro l'ingiustizia'. Il mondo di Cole era valido quanto il suo.

Semplicemente, loro due non potevano viverci insieme. Non se lui non era disposto a colmare la distanza che li separava.

Shaw entrò nella stanza. "Il duca di Colehaven chiede della signorina Middleton."

Thaddeus inarcò le sopracciglia in direzione di Diana. "Devo andare a prendere la pistola o levarmi di torno?"

"Tranquillo, cugino," gli assicurò lei. "Io non odio Cole. Semplicemente, non intendo sposarlo."

"Sono venuto a farvi cambiare idea," mormorò una voce dal corridoio.

Diana e Thaddeus si voltarono e videro Colehaven.

"Avevo lasciato il 'gentiluomo' nell'atrio," disse Shaw, tirando su col naso.

"L'ingresso è a tre passi dal salotto," osservò Colehaven. "Sento le vostre voci."

"Vado a prendere la pistola," disse Shaw, per poi uscire dalla stanza.

Colehaven andò a porsi di fronte a Diana e posò un ginocchio a terra. "Ogni momento senza di voi è come se le stelle fossero svanite dal cielo. Voi siete la luce nell'oscurità. La mia bussola verso–"

Thaddeus balzò in piedi.

"Sapete, non è il caso di lasciare una pistola in mano a Shaw," disse mentre svincolava dal salotto. "Proseguite pure senza di me."

Col cuore in gola, Diana si voltò di nuovo verso Colehaven.

"Sono all'inferno senza di voi," disse l'uomo senza mezzi termini, lo sguardo fisso nel suo. "Ma mi sono reso conto che il nostro futuro non dipende da me. E non dipende nemmeno da voi. Il matrimonio significherebbe essere ciò che tanto volete: eguali."

Diana inclinò la testa. "Sono graffi, quelli sul vostro viso?"

"Gattini," disse sussultando l'uomo. "In omaggio a chiunque voglia prendersene buona cura. Ora prestate attenzione."

Diana giunse le mani in grembo e annuì. "Eguali, stavate dicendo."

"Eguali." Rimanendo con un ginocchio a terra, Cole si trascinò più vicino. "Voi avete ragione, naturalmente. Uomini e donne non sono eguali agli occhi della legge, ma–"

Diana raddrizzò di scatto la schiena. "Voi potete cambiare la situazione?"

Cole fece una smorfia. "Sarebbe più facile adottare il sistema metrico."

"Vero." Diana esalò un lungo sospiro. Sognare era lecito. "Una cosa alla volta, immagino."

"Proprio così." Colehaven le premette un dito contro le labbra. "Se permettete, sto cercando di esibirmi in un romantico soliloquio persuasivo."

Diana si accigliò. "Credo che si parli di 'soliloquio' quando una persona parla da sola. Nel vostro caso, si potrebbe parlare di monologo."

"Assolutamente no," le assicurò lui. "'Mono' significa che è una sola persona a parlare e voi non avete smesso di interrompere da quando ho cominciato."

Diana mimò il gesto di cucirsi le labbra e gli fece segno di proseguire.

"Tutti meritano l'amore," disse Cole in fretta e furia, come se il filo invisibile che teneva chiusa la bocca di Diana potesse rompersi in qualunque momento. "E tutti meritano la felicità. Siete stata voi a dirmi: 'Se qualcosa può essere migliorato, miglioralo.' Tutto migliorerà se lo faremo insieme. Le nostre vite, più le vite degli altri e l'idea stessa di quello che dovrebbero essere un marito e una moglie: una squadra."

La speranza cominciò a colmare Diana di leggerezza. Quelle non sembravano le parole di un uomo che volesse che lei rinunciasse ai propri sogni per lui. Sembravano le parole di un uomo che voleva che loro due inseguissero i loro sogni insieme.

"Non voglio cambiarvi," mormorò Cole. "Non importa quello che potete pensare o le sciocchezze che io possa aver detto. Il vostro carattere scontroso e il vostro cuore grande sono le ragioni per cui vi amo."

Diana spalancò gli occhi mentre il cuore le svolazzava nel petto. Ora, non avrebbe potuto interromperlo nemmeno se ci avesse provato. Lui le aveva mozzato il fiato.

"Non voglio che fingiate di essere come tutti gli altri," proseguì l'uomo. "Se fossi tentato da ciò che è normale, mi sarei sposato da tempo. Non voglio accontentarmi dello status quo. Voglio *voi*. Nel bene e nel male, nel cappello e nella cuffia. Voglio tutto."

Il respiro si annodò nella gola di Diana. Lei aveva creduto a lungo di non poter avere tutto. Cole non stava solo cercando di convincerla che era possibile: glielo stava offrendo.

"Diana Middleton," disse l'uomo, la voce solenne e gentile. "Non vi chiederò di diventare mia moglie. Invece, vi prego di prendermi come vostro marito."

Gli occhi di Diana si riempirono di lacrime.

"Ehm, Diana?" disse nervosamente Cole. "Il monologo è finito. Ora dovreste farmi capire se ha funzionato o meno."

Diana trasse un respiro profondo. "Avete portato della birra?"

"È in carrozza," rispose automaticamente l'uomo, per poi stringere gli occhi. "Ma non l'avrete senza sposarmi."

"Scacco matto." Diana si tuffò tra le sue braccia. "Razza di splendido sciocco, vi amo più di dieci barili di birra e di mille travestimenti perfetti."

"Grazie a Dio," le mormorò lui tra i capelli mentre la teneva stretta. "Dal canto mio, sembrerebbe che io vi ami più della mia carriera. Ieri sera, avrei dovuto tenere un discorso sui lavori pubblici e l'industria ittica. Ma subito dopo aver finito, mi sono lanciato in un discorso improvvisato sulla necessità di semplificare il nostro sistema inutilmente caotico di pesi e misure in unità uniformi e gestibili."

Diana sollevò la testa allarmata. "Cos'è che avete fatto?"

"Non preoccupatevi," le assicurò lui. "Non manco mai di riconoscere il lavoro altrui. Ho citato abbondantemente le ricerche della più grande esperta in materia. Avete sentito parlare della signorina Diana Middleton?"

"*Cos'è* che avete fatto?" Diana gli conficcò le unghie nelle spalle e lo fissò inorridita. "Ma era la vostra occasione! Chi hanno scelto come presidente della commissione?"

"Me," rispose Cole con un sorriso malizioso. "Non della commissione per l'industria ittica, ma di quella sui pesi e le misure. Se solo ci fosse qualcuno con anni di conoscenza diretta che potesse unirsi a me nell'impresa di analizzare la situazione attuale e trovare una soluzione adeguata. Se poteste segnalarmi un'ispettrice competente–"

Questa volta, Diana lo interruppe non con le parole, ma con un bacio di resa totale.

A mezzanotte e mezza, il cielo nero sopra al palazzo di Westminster era incrostato di stelle. La luna crescente prestava la propria luce scintillante alle file di lampioni a gas lungo il ponte di Westminster.

Al duca di Colehaven non interessava nulla di tutto ciò.

Corse dal palazzo alla carrozza che lo attendeva, senza nemmeno guardare la bellezza della notte. La portiera della carrozza si era a malapena chiusa quando lui ordinò al suo cocchiere di andare a tutta velocità verso Grosvenor Square. Ma Cole non stava fuggendo dal Parlamento; stava correndo a casa per dare la buona notizia a sua moglie.

Diana non era nella nursery, né stava giocando coi gattini o sistemando gli appunti nel suo studio privato. Era china su un barile nella stanza in cui producevano la birra, il diario in una mano e un boccale di birra nell'altra.

Sua moglie ebbe a malapena il tempo di posare il boccale traboccante prima che Cole la sollevasse da terra e la facesse roteare in preda alla gioia.

Cercò di tempestarla di baci, ma non riuscì a smettere di sorridere abbastanza a lungo per farlo a dovere. "Ce l'abbiamo fatta, cara!"

Lei ricambiò il sorriso. "Siete riuscito a scegliere un gilet decente?"

"*Pessima.*" Cole posò Diana per metterle tra le mani un fascio di documenti copiati meticolosamente.

Gli occhi di sua moglie si illuminarono prima ancora che lei desse un'occhiata al contenuto. "Bisogna festeggiare! Versatevi una birra, amore mio."

"Non c'è tempo per la birra." Cole agitò le mani verso i documenti. "Leggete, leggete!"

Diana si schiarì la voce e affettò il tono pomposo e inflessibile di uno strillone di corte. "Atto per accertare e stabilire l'Uniformità di Pesi e Misure."

Cole faticava a non saltellare per la stanza come un gattino rispettoso. Si consolò trangugiando metà della birra di sua moglie.

"Rendendosi necessario, per la Sicurezza del Commercio e per il Bene della Comunità, che Pesi e Misure siano equi e uniformi..." proseguì Diana, la postura che si rilassava e il sorriso che si allargava a ogni nuova parola. Lanciando un gridolino, lasciò cadere i documenti sul tavolo e si buttò nuovamente tra le braccia di Cole. "Ce l'abbiamo fatta!"

"Niente grammi o metri," lo avvertì lei mentre piroettavano per la stanza.

"Quello di cui gioisco è la fine dei ventisette tipi di *bushel* diversi," gli assicurò ridendo lei. "Avete fatto un miracolo. Immaginate: una singola definizione di 'gallone'!"

"Non devo immaginarlo," la informò solennemente Cole. "Il documento che vi ho mostrato afferma con chiarezza che un 'gallone' è un'unità standard di volume, definita come dieci libbre di acqua distillata pesate alla temperatura esatta di sessantadue gradi Fahrenheit, col barometro configurato a–"

Diana premette le labbra contro le sue, buttando al vento ogni pensiero di misure imperiali con la magia del suo bacio.

Gli amici di Cole potevano anche averlo preso in giro per aver interrotto i suoi dieci anni di vittorie con la perdita della scommessa sul matrimonio, ma lui conosceva la verità. L'abbraccio appassionato di quella donna intelligente, cocciuta, irresistibile che aveva tra le braccia valeva molto più di qualunque scommessa da taverna. Non aveva perso altro che la solitudine e aveva vinto l'amore di una vita.

Avrebbe scommesso che nulla al mondo poteva essere migliore.

FINE

~

*V*olete sapere come ha avuto inizio la doppia vita di Diana come signora Peabody, intrepida agente segreta in lotta contro la cattiva applicazione della matematica?

Scopritelo ne *La nascita della signora Peabody,* un racconto esclusivo e GRATUITO riservato ai soli fan!

Scaricate la vostra copia qui:
https://smarturl.it/SignoraPeabody

~

Ti piacerebbe sapere quando altri libri sono pubblicati in italiano?

Iscriviti qui per una storia gratis:
https://smarturl.it/EricaRidleyItaliano

~

INNAMORATEVI DEI DUCHI!

Nell'ordine, i libri che compongono la serie "I Duchi Malandrini" sono:

Una notte di seduzione
Una notte di abbandono
Una notte di passione
Una notte di scandalo
Una notte da ricordare
Una notte di tentazione

Nell'ordine, i libri che compongono la serie "I Duchi di Natale" sono:

C'era una volta un duca
Profumo di duca
Il duca tra le stelle
Mai dire duca
Duchi, in verità
La sposa del duca
L'abbraccio del duca
Il desiderio del duca
All'alba con un duca
Una notte con un duca
Dieci giorni con un duca

Per sempre il vostro duca

Nell'ordine, i libri che compongono la serie "Dalle Stalle alle Stelle" sono:
Il signore della fortuna
Il signore del piacere
Il signore della notte
Il signore della tentazione
Il signore dei segreti
Il signore del vizio

Nell'ordine, i libri che compongono la serie dei "Duchi di Guerra" sono:
Il visconte irresistibile
Il conte proibito
Il capitano irraggiungibile
Il maggiore incantevole
Il generale innamorato
Il pirata ammaliatore
Il duca sbagliato

In questo romanzo hanno un ruolo importante le unità di misura (galloni, metri, ecc.). Di conseguenza, abbiamo ritenuto importante scrivere questa nota per fare una precisazione.

Nel tradurre questo e altri romanzi, abbiamo scelto (tranne che dove ciò avrebbe potuto dare adito a equivoci) di convertire lunghezze, pesi e volumi dal sistema imperiale anglosassone (che usa pollici, libbre, galloni e così via) al sistema metrico decimale (che usa invece centimetri, chili, litri e quant'altro). Naturalmente, come viene ricordato anche in questa storia, il Regno Unito non ha *mai* adottato le misure decimali; ancora oggi, in quel Paese si utilizzano piedi, miglia, pinte e simili. Il lettore dovrà dunque tenere presente, nel leggere questo romanzo, che i personaggi "pensano" usando il sistema anglosassone e che, ad esempio, il fatto che uno di loro parli del sistema metrico decimale come di qualcosa di assurdo è perfettamente normale.

A questo punto, qualcuno potrà chiedersi perché abbiamo scelto di convertire le misure. La risposta è: per facilitare la lettura. Mentre un lettore americano o inglese riesce a immaginare senza alcun problema un personaggio alto sei piedi e tre pollici o una distanza di otto miglia, per noi che siamo abituati al sistema metrico questo risulta difficile, se non addirittura impossibile (almeno senza fare dei calcoli, che comunque interrompono la lettura). Volendo evitare a chi legge di dover estrarre il cellulare ogni volta che appare una misura, abbiamo preferito questa soluzione. Speriamo che i lettori non ce ne vogliano.

Il traduttore,
Ernesto Pavan

Erica Ridley è autrice di romance storici apparsi sulle liste dei best-seller del *New York Times* e di *USA Today*.

Nella sua nuova serie di romanzi storici "Dalle Stalle alle Stelle", la storia di Cenerentola non vale solo per le principesse... Briganti Regency dietro cui sospirare trascinano giovani volitive in rocambolesche storie di riscatto stracolme di avventura.

La famosa serie "Duchi di Guerra" vede come protagonisti nobili canaglie e valorosi eroi di guerra che, di ritorno dalla battaglia, si ritrovano catapultati nello splendore e nella follia dell'Inghilterra nell'Età della Reggenza.

Quando non sta leggendo o scrivendo romance, Erica si può trovare a cavalcare cammelli in Africa, a fare *zip-lining* attraverso le foreste pluviali dell'America Centrale, o persa nei meandri di Budapest.

Diventiamo amici! Potete trovare Erica a:

www.EricaRidley.com/italiano

www.ingramcontent.com/pod-product-compliance
Lightning Source LLC
Chambersburg PA
CBHW030920060726
47591CB00005B/1618